JN278701

グ、ア、ム

Yukiko Motoya

Gu,a,m

本谷有希子

Shinchosha

グ、ア、ム

装画　細川真希
装幀　新潮社装幀室

1

北陸の天気は基本的に曇天。

と長女はなんとなく思っていたのだが、それが実際その通りなのか、特に確かめたこともないので分からなかった。というより十八年間、その地ですくすく育っていた時は天候の特徴など考えたこともなかったので、やはりただのイメージに近い。

実家のダイニングテーブルの、一番テレビの観やすい席を定位置にして、彼女はこれまで家族とともに何千、何万回という食事をした。午後六時から七時の時間帯、ニュースとアニメの狭間に天気予報がやっていたとしても、キッチンペーパーに上げられたエビフライを母親の目を盗んでつまみ食いするほうが優先順位としては上だった。

天気を気にするのは自分の予定に関わる時だけ。何かのはずみで画面上のカラフルな晴れマークや傘マークに目がいくことがあったとしても、せいぜい富山、石川、福井の北陸三県。譲って母親の実家がある宮城県。十代の少女が土地そのものに愛着を抱けるのは事実上、この選ばれし四県だけだった。

四人家族であるこの家にはテレビが全部で六台あった。

特に裕福とかそういうことではなく、買い替える機会に古いものを捨てそびれただけの話だ。居間、食堂、台所にある流しの出窓、両親の寝室、姉妹の寝室、父親の趣味の部屋に大小さまざま一台ずつ。四歳離れている姉妹にはそれぞれ二階に自室が割り当てられていたのだが、寝るときは同じ一階の客間を使用していた。

腰を悪くした父親がキングサイズのベッドを新しいものにした際、姉妹はそれまで両親が使っていたベッドをそっくりその客間に譲り受けた。二段ベッドの固い敷き布団で何年も過ごしてきた彼女たちは柔らかいマットレスを手放しで歓迎した。スプリングが駄目になる、と眉をしかめる母親の目が行き届かぬところで飛んだり跳ねたりを繰り返した。

姉妹がダブルベッドに寝る習慣はよく考えると珍妙なのだが、この家では基本的に価格の高いものを残して当然というルールが幅を利かせていたので強く疑問を持つ人間はいなかった。とはいえ高校生と中学生になった姉妹はさすがにお互いの体に触れぬよう気を遣いながら、ベッドの端と端で寝たものだ。最初のうちは「く」の字になって長女が次女の背中を後ろから抱いて寝る形がポピュラーだったのに、いつのまにか向い合うことすらしなくなった。1メートルはあると思われるキャラクターの抱き枕を、公務員の父親が女子職員からもらってきて以来、それが間仕切りのようにダブルベッドの中央に横たわった。

昼も夜も、その土偶を象《かたど》ったマスコット人形は真っ赤なフェルトで縫われた口を天井に向けて、この世の真理について想いを馳せるかのような瞳で、間仕切りとしての使命を全うした。長い毛足はダニの恰好の繁殖地であった。北枕の迷信を信じない姉妹がダブルベッド上で行っていた照れくささともいうべき冷戦——東西統一の混乱を防ぎ続けた人形はいつしか処分してしかるべきシロモノになっていったが、未だこの家の、今はもう誰も使わないベッドで笑顔のまま横たわっているはずである。

まだ使えるものを何もわざわざ捨てる必要はない、という家庭内教育はこうしてしっかりと行き届いている。テレビも同じように増えていった家財の一つだ。

しかし家族はただ漫然と、テレビを増やしていたわけではない。たとえば夕食中、母親が関口宏の司会するフレンドパークを観たいと言い、父親はナイターが観たいと言い、姉妹はバラエティが観たいと希望を出すと、一つの食卓についたまま、食堂と、居間と、台所の出窓のスペースに置かれたテレビを使ってそれぞれ鑑賞することが可能だった。

当時はテロップという編集方法がまだなかったため、音声がなくてもかろうじて差し支えないと思われるスポーツ番組が、距離のある隣の居間のテレビで流された。ナイターシーズン、半身をよじりながら茶碗を持ち、飯を口に運び、母親の出す急須の先に湯のみを器用に差し出す父のランニング姿がしばしば見かけられた。わりを食うのは母親と決まっており、姉妹に食堂のチャンネル権を与え、自分は流しの出窓に置かれた年代物の12インチのテレビを——これもやはり首をねじって、食い入るように見つめていた。フレンドパークも野球同様、音がなくてもゲストが体をめったやたらと動かしているので大丈夫だ、と母親は言った。「本当は推理ドラマがいいんやけど」。母親は二時間サスペンスを必ずビデオデッキで録画して、朝に観る人、であった。

日本列島を北上しながら伝えられる天気予報には、この家の誰もそれほど関心を払ってはいなかった。天候は悪いことが基本。「帯状の厚い雲」に覆われているのが通常で、運が良ければ「陽射しに恵まれる」。

だから、長女がふるさとの風土について自覚的になったのは高校を卒業し、家を出たあとだ。東京で大学に通うため仕送りをもらいながら、ピアノジャズバーのカウンターレディをした頃だ。

彼女は酒を物静かに飲みたい中年の一人客にウィスキーの水割りを作るたび、「どこ出身なの？」という質問をされ、答えた。そして自分の故郷はどうやら彼らにとって一律に受けがいいことを知った。

肌が白く、文化的な女が多い、というイメージのあるその地名からは「情緒」が漠然と連想されるらしかった。情緒などこれまでまったく意識したこともなかった彼女は、彼らの誤解の理由が、郷土の雨や雪の多さにあるのではないか、と自分なりに分析をしたりもした。湿り気が少なからず関係ありそうだ、と。

そう思ってから、店での彼女はしばらく地名の持つイメージが、そのまま自分の人格とさも同一であるかのように振る舞った。高校時代、制服のスカート丈やルーズソックスの糊付けの位置をどこにするかではしたなく明け暮れていた過去などは一切合切、記憶の最果てに押し流してしまった。マクドナルドに入り浸り続けた結果、染み付いていたポテト臭の代わりに、文化のかほり、をそこはかとなく漂わせた。浅い知識は新聞の三面記事で間に合わせたが、若さも手伝い、ただ知っているというていで小さく頷けば、それだけで「学がある」と声には出さず感心された。

長女が大学三年に始めたその時給千四百円のバイトは、中年親父のお酒の相手をする、という意味では立派な水商売であった。ただカウンターが細長い防壁のように客と女の子を隔てており、ボディタッチは少なくとも身を乗り出さなければ不可能、という構造であるため、「ホステス」ではなく「ウェイトレス」の欄に求人されていたのだ。

店には教養のある、高学歴の女はあまりいなかった。そもそもジャズバーの名を看板に掲げておきながら、音楽に興味のある者すら皆無に近かった。かろうじてママがBGMを有線のジャズチャンネルに合わせていたが、それすらもバイトの子しか出勤できない日などは間違ってクラシックチャンネルが選ばれているような、音楽はいちじるしくずさんな扱いを受けていた。

若い女たちにとってジャズとクラシックの明確な違いを理解することは、高度すぎた。長女のあとに一人、わけありらしい三十一歳の女が「昼間はピアノ教室の先生」という理由で採用されていたが、カラオケの分厚い楽曲リスト置き場として活用されているグランドピアノを見て、忽ち《たちま》困惑した様子だった。女には「夜の仕事とは言え、ピアノと関係あるからまだセーフ」という女なりのプライド、水商売に染まる言い訳が必要だったのだ。

結局、まともな調律も受けていない鍵盤の上で、入店したその日に女はマニキュアを塗りたくった指を激しく踊らせ、渾身のメロディで客のハートをわし摑みしようとしたが、特に誰も耳を傾けていないことを知り、もう生演奏はしない、と言った。後片付けをする長女の背後で、経営者は「まあピアニストがいるってだけでいいからこっちは」と指に唾をつけ、レジから抜き取った紙幣を数えていた。

しまい忘れた赤い布が床にだらりと落ちていたが、それが鍵盤を保護するものであることを誰一人として知らなかったため、しばらく鏡やガラスを拭くふきんとして折り畳まれて重宝されていた。フェルトの布地は柔らかく、埃がまたよく取れたのである。

ピアノの女は店の適当さに文句を言っていたのに、いつのまにか理由付けがなくても働けるようになったらしく、若い子に負けじと酒をつぐようになった。水商売をする動機がうやむやになっている子は他にも、演技の勉強に役立つと思うから、という女優の卵が二人ほどいた。たまに芸能関係のプロデューサーなどが呑みにきている時などの彼女たちのコビの売り方は痛々しく、長女は自分のことのように恥ずかしくなったりもした。

しかしそのうち女優志願の二人は、近くにあと四つ店を構える経営者に連れられて、系列店だという本格的なキャバクラに移っていった。それがここのやり口だった。いきなり水商売は抵抗のある女の子をジャズバーなら……と油断させ、慣れてきたところで「人が足らないからヘルプに行ってくれ。向こうは時給三千円だから」とさりげなく何度か働かせ、麻痺してきたところを引き抜く。まるで熟練した漁師のように手際のよい、経営者の水揚げぶりだった。

ピアノの女も段々とバーとキャバクラの出勤割合が怪しくなり、ある日そのままヘルプに行ったきり、戻って来なくなってしまった。鍵盤の上の赤い布は鋏《はさみ》を入れられて、八枚の鏡拭きになった。次の日、ウェイトレスと勘違いした無邪気な女子大生がまた新しくジャズバーに補塡されたが、誰も何も思わなかった。もちろんその子もジャズとクラシックの違いが分からなかった。

長女も幾度かヘルプにかり出された。しかしさすがにキャバクラ店内の異様な熱気、親父どもが当然のごとくケツを揉みしだいてくるさまに抵抗を感じ、断り続けた。経営者はそんな見込みのない女をなんやかやと理由をでっちあげては次々と辞めさせる男だったが、長女は例の、文化的なかほり、でバーでもそこそこ人気があったため、何も今すぐ手持ちの札から外すことはないと見逃された。店の服装は各自で用意したワンピースという決まりの中、長女は落ち着いた黒をあえて選んでいた。品質の偽造だった。

幸い、彼女の肌は偽りなく白かった。日光をあまり浴びてこなかったせいだろうか。病弱に見えるところが中年に好まれた。ピアノを幼稚園から九年、無理やり習わされていたことも功を奏した。しかも誰も弾けとは言わないので、能力がなかったことをさらけ出さずに済んだのである。あとは口数少なく氷をマドラーでくるくると寂しげにかき回していれば、空騒ぎをしたいわけではないタイプの、経営者曰く「自称元文学青年」たちは、長女を行きつけのジャズバーのお気に入りの一人に入れてくれた。

しかし店を一歩出ると、長女の眼差しからは「文化」「知性」「繊細」の色は憑きものが落ちたように消え失せ、代わりにラーメン屋の灯りがうつろな黒目を間接的に輝かせるのだった。

自然と口が半開きになり、両手をぶらんぶらんとだらしなく重力に従わせる姿が、ヒールを脱いだ彼女本来の歩き方だった。十歳の時に死んだ母方の祖母はその歩き方を「みっともない。女として損する」と直すように躾《しつ》けたが、願いは成就することなく、彼女をどこから見ても、無防備な人、にした。

　時代が時代なら「うつけ者！」と断りつけられてもおかしくないほど集中力を欠いた状態である。中年たちが物憂げで守ってあげたいとのたまった長女が普段考えている内容も、まったく大したことではなかった。人の顔に点在するほくろを線でつなぐと何かのメッセージが浮かび上がってくる気がして怖い、だの。

　しかし心に湿り気はある、と長女はいつも自覚していた。

　シベリアから日本海を渡ってやってくるという、多湿な潮風を直接浴びて育ったからだろうか。客に、北陸が世界でもまれに見る深雪地帯だという話を聞かされたからだろうか。山脈を隔てて太平洋側をたとえば表と考えるならば、自分はやはり山の陰、裏日本で生まれ育った女。東京人のようにサバサバ乾いてもいないし、四国や九州、まして沖縄のような南国で開放的に自我をさらけ出すことに慣れた人間ともノリが違う――勢い余って上京したはいいが、いつまでたっても将来の見通しが立たず心細かったことが、彼女にそんな思い込みを強くさせたのかもしれない。

　長女はなんの目的もなく田舎を飛び出し、大学に通っていた。何の職業が自分に向いているのか分からないまま、モラトリアムに身を委ね、とりあえずの出方を探っていた。

学部が悪かったのか、大学では随分と居心地の悪い思いをした。卒業後どうするのか。少なくともピアニストじゃないだろう。だが、漠然とクリエイターかマスコミ関係に興味があった。ミーハー心、丸出しで。

だからあらゆる入社試験に落ち、このままでは本当に路頭に迷うかもしれないと危機感を覚え出していた大学四年のある日。ジャズバーの客に「ここ行ってみればいいんじゃない？」と冗談半分でアナウンサースクールのチラシをもらい、受講を決めたのだった。

2

次女は、堅実と言われた。

次女は本当はそれほど堅実ではなかったのに、姉がふらふらしているぶん、親の経済力と、日本の未来の行き詰まりに不安を感じ、さっさと地元で就職した。いつか絶対働かなければいけないのになぜわざわざ……ともったいながる長女を尻目に、いつかどうせ働くのだから今働いても同じこと、と次女は十代ながら割り切っていた。

進学するだけ金の無駄である。ならば親が稼いだ金はなるべく親の老後に残してやりたい。就職氷河期のただ中で、大学を卒業した先輩のほとんどが職にあぶれている現実を目の当たりにしていた。しかも東京の大学で遊びほうけていた姉は、今度は突然アナウンサースクールに行きたいと言い出し、両親の貯金をまたも食い潰そうとしているのだった。

四歳離れた姉妹は昔からよくケンカをした。原因は長女の身勝手な言いがかりによるものがほとんどだったが、そのことを象徴するようなエピソードが一つある。

まだ二人とも小学生だった頃、この家庭は一億総中流という見えない河の流れに特に不満もなく身を任せており、母親は多くの主婦と同じように共働きでパートに出ていた。よって姉妹には首から鍵をぶら下げての帰宅が義務づけられていたのだが、次女が学校から帰ると不思議なことに、そろばん塾へ出かけていく長女と玄関で決まってすれ違うのだった。

「おお、今から行ってくるから」

「うん。行ってらっしゃーい」

しかし、それが「不思議」ではなく「当然」と知る日がやって来てしまう。

「お姉ちゃん？　何しとるん？　……そろばんは？」

「え、あ、お前、起きたん？」

ランドセルを下ろしてからパート帰りの母親に声をかけられるまでの間、居間のソファで一眠りするのが次女のお気に入りの習慣だった。その日たまたま目をさました彼女は、椅子に乗って背伸びをし壁掛け時計に懸命に腕を伸ばす長女の後ろ姿を発見したのである。

「時計？　どうしたん」

「いや、ちょっと時間ずれとるから直そうと思って」

「ふうーん」

長女はあからさまに動揺していた。壁から外そうとしていた時計を戻すと、台所から持って来ていたらしい椅子を返しにそそくさと居間から出て行ってしまった。時計の針は六時過ぎを指していた。長女のそろばん塾がちょうど終わる時間である。怪しいとは思いながらも、起こされてしまった次女は居間でずっと宿題をしていたのだが、

「この時計、一時間進んでないけ？」

スーパーで食材を買い込んで帰ってきた母親が不審そうにそう尋ねた。

「あんた、触った？」

「なんもしとらんよ」

そういえばお姉ちゃんが……と言いかけて、次女は不自然に感じた姉の行動をもう一度思い出してみることにした。そろばん塾から帰ってきた長女は毎回寝ている自分を揺さぶり起こして「ただいま」とわざわざ声をかける。さらに壁掛け時計を指さして、寝ぼけ眼《まなこ》の自分に「今、六時やな」と確認させ、母親の前で「お姉ちゃん、今日もちゃんと五時に出て、六時に帰って来とったよな」と証言を求める……。

虚偽のそろばん塾通いを、長女は二ヶ月続けていた。

長女は「次女をアリバイ証明に利用した、睡眠時間経過の誤認識トリックを思いつきましたので」と泣き、「わけが分からん！」と父親からさらに怒られていた。

「だからぁ、寝とる間は時間がどんだけ進んだかよく分からんがいねぇ」

よせばいいのに長女は自分の素晴らしい思いつきを父親に説明しようと躍起になった。

母親が観ていたサスペンスからヒントを得たというそのトリックは、次女が寝たあとに時計をまた元の時間に戻し、完全犯罪としてこれまで成功していたのだと、半べそをかきながら自慢した。

「お前、時計いじってそろばん行ったふりしとったんか」

「あいつ、全然気づかんかってんよ。すごいやろ」

長女はそのやりとりを台所で見ていた次女を指さした。「おとん、あほやぞ、あいつ。あほになるぞ、将来絶対！」

「あほはお前じゃ！」。怒鳴った後、父親は哀しげに目を伏せた。

「そんで月謝は。そろばんの」

「……返せばいいんやろ。返そうと思っとったわい！　うるさいな、おとん！　あほ！　おとんがあほや！　おとんが将来ぼけろ！　ぼけ老人になれ！」

「なんてこと言うんじゃいね！」

「ぼけたらほっぽり出してやる！　裸で近所、うろうろさせてやる！」

そんなことが数えきれないほどあり、次女は若くしてあらゆることをまず慎重に注意深く……という、現実主義の人、となっていた。長女に受けた幾多の仕打ちも考え出したらきりがないので、あなたのお陰で人間的に大いに成長しました、姉よ、と捉えることにした。次女は理不尽というものを物心つく前から知り尽くしていた。

だが、親がこつこつ貯めた金を浪費されるのだけはどうしても納得がいかなかった。一人っ子ならともかく姉妹だというのに――上京した挙げ句にアナウンサースクール通いと、その無計画性に腹だたしさを覚えた次女は、徹底的に長女とは違う人生を歩もうと心に決めていた。あんなだらしない人間にはなりたくない。分かりやすくも反面教師の誕生である。生まれ育った境遇は同じ。でもたとえば十年後、自力で手にした環境には雲泥の差が……。

次女は高校時代からよくバイトをしていた。週に三日。多い月には土日もシフトを入れてもらい、部活動にも所属せず近くのカレー屋に通いつめた。稼いだ金の何割かは女子高生らしく洋服に消えていった。流行など追っていないつもりだが、何故かいつも次の年まで着られるものがない。数ばかり増えていった。

東京に出て行った長女の部屋を占拠した次女は、通信販売で買ったラウンドクローゼットというものをいくつも置いて、そこを服の森にした。生い茂る葉は、ハンガーにぶら下がるトップスやスカート。上部の網棚には、前の年にかぶっていたテンガロンハットや白麦わら帽の果実がたわわに。服集めが趣味だったが、ブランド品にはそれほど興味はなかった。そこはさすがに堅実と呼ばれた女だった。

旅行以外で県から出たことのない次女は知らなかったが、地元のファッション文化はなぜかギャル風な傾向が強かった。そのため盆などに長女が帰郷し、高校の頃の女友達と食事をしにいくと必ず「みんなギャルだった。見分けがつかない」と帰ってくる姿を見ても、「お姉ちゃんの友達はギャルらしい」とイメージしていた。実は長女から言わせれば次女もしっかり同類だったのである。姉のファッションは首都からやってきた人間だというのに、ずいぶんリラックスした素材やデザインが多い、と次女は思っていた。

学生だった次女は洋服選びに悪戦苦闘を強いられつつも、一方で貯金を続けた。青春の一時間を六百五十円で売るのは、高いのか安いのか。両親ですら「もっと遊べばいい」と促すほどだったが、そこまで汗水垂らすにはワケがあった。

自動車を手に入れるためである。高校を卒業した春休み、貯めた金でまっさきに自動車免許を取得した次女は、学校の推薦枠もあって高卒で信用金庫に内定という快挙も同時に果たした。祖父祖母も鼻高々で近所に孫の優秀さを自慢して回った。親族で一番できのいい人間だ、と。

勤務地が関西支店であることが唯一、次女を悩ませた。しかしどうしても安定を手に入れたかった彼女は腹を決めた。親には一円の金も出させず手に入れたチョコレート色のマーチで、次女は曇天の多い県内を最後の思い出作りと言わんばかりに友達と走り尽くした。一時間足らずでどこへでも行けてしまうので山のほう、海のほうと道さえあれば思うがままにハンドルをきった。

走り屋と呼ばれる集団に入り、おのおのの車を並ばせ、ひたすら走行する日もあった。暴走族ではない。ただ目的地を作って移動する、深夜のドライブ集団である。メンバーは入れ替わり立ち替わり、次女も友達に誘われて参加したクチだったのだが、特に何かを強制されるわけでもなかった。到着したら自動販売機のコーヒーを飲んで、喋って、また来た道を戻る。好きな音楽を聞きながら、歌いながら。

県下には山奥にある大学施設や墓地や廃墟など、若者たちの喜びそうなスポットがいくつか点在した。免許のない長女はそのような場所をほとんど知らずに上京していた。田舎で一生暮らすなんて……と嫌悪して出て行ったに近いが、次女はむしろ地元が好きだった。友達もいるし、安心する。できれば県外には出たくなかった。東京に対しては、あんなに人がいて疲れるところ、という不快なイメージを抱いていた。

その春、次女の同級生の中には同じように免許を取得し、飲酒運転で事故を起こした者が続出した。走り屋の中にもぬかるんだ水田に突っ込んで大ケガをする者が数人いた。

次女は交通事故によく遭う女だったので、そういう話を聞くたび両親は肝を冷やした。彼女はそれまでに三回、接触事故に遭っており、そのうち一回は足先を車のタイヤにちょっと踏まれた程度のことだった。しかし残り二回はそれなりに派手な事故に巻き込まれた。

まっすぐな道で車と正面衝突し、自転車のハンドルを握っていた形のまま次女は宙空へ放り出され、学校指定のヘルメットごとフロントガラスに突き刺さり、中年女が運転していたマツダの車内へと貫通した。

彼氏と二人乗りをしていた時にも同じように車と激突、今度は飛びに飛んで一台後ろの関係ない車のフロントガラスを不条理にひび割らせたが、なんとか頭部を守りきって大事には至らなかった。

ヘルメット着用は本当に大切なのである。

それにしても、あれだけ注意深い子がなぜこうもよく撥《は》ねられるのだろう、と家族はみな不思議がった。次女自身も首をひねった。注意力の散漫な長女でさえ、そのような事故にあったことは一度もなかったというのに。

「あんたさん、まさか車、大阪に持ってく気じゃないやろうね」

思い出作りの時間も終わり、引っ越しのため荷造りしている次女の背後から父親が声をかけてきた。父は一応、年頃の娘の部屋には足を踏み入れず、開いたドアの隙間から顔を覗かせていた。胸にはペットの黒いうさぎを抱いていた。

「持ってくよ。近くに駐車場もあるし」と、妹は振り返りもせず答えた。

「駄目や駄目や。置いてけいや」

「大丈夫やって。心配せんでも」

「そんなん言うとる人が一番事故るんや。現にお前さん、何回も撥ねられとるがいね。あんな事故する人なんて普通おらんがぞ」

「車ないと、こっち帰ってくるときサンダーバードに乗らんなんやん。いくらかかるか知っとるん？」

「いくらや」

「一万や」。諦めさせようと、多めの金額が次女の口をついて出た。「往復で二万や。そんなん、こっち帰ってこれんくなる」

「いい、いい。払ってやるさけ、車は置いてけいや」

「嫌や」

「なんで。わし、全部払ってやるって」

「払われたくない。っていうか、もったいない」

「事故起こして、人生めちゃめちゃになるぞ」

「いいよ」

「あんた、人生めちゃめちゃになってもいいんか？」

「いい」。相手にすること自体、面倒くさくなって妹は段ボールにガムテープをビッと伸ばして貼り付けた。「いいから、そろそろあっち行ってくれんけ」

「車乗るなら、わし、あんたの就職、取り消しさせるぞ」

「できんやろ、そんなこと」

「上司んとこ行って暴れれば簡単や」

結局、会社員となった次女は、買ったばかりのマーチを実家の駐車場に残して、一人暮らしの部屋を大阪に借りた。にも拘わらず〝事故らないこと〟、これが父親からの要注意事項だった。ちなみに長女が上京する際、彼が同様に出した条件は〝ＡＶ女優にならないこと〟だった。

十九歳の誕生日を迎えたその日、「いいから。あんたのお金はあんたのお金」と言い張る母親に、次女は無理やり送金を開始した。

3

「……お父さん」

先月ヤマダ電機で買ったコードレス電話（子機）で通話を終えたばかりの母親は、居間のテレビ前に寝転んでストレッチしている父親に向かって、呟いた。

なんじゃいね、と父親は体中にぐるぐると巻き付けた細いゴムチューブを伸ばしながら答える。右腕のゴムチューブは右太もも部分にそのまま連結されており、引っ張るとそのまま足が持ち上がる恰好となる。その姿はまるで入院患者が自分で自分を鬱血させて操っているかのようだ。凝り性なのはもはや父親の性《さが》としか言いようがなかった。彼はいつも何かにのめり込んでおり、それを「マイブーム」と呼んでは、過剰なまでに盛り上がる人、であった。

今回はストレッチブームの到来というわけだ。ダンベル、ペットボトル、青竹踏み、スイカ転がし等を経て、ついに彼はこの全身にチューブを巻きつけるという奇怪な健康法に辿り着いた。三日ほど前に考案し、風呂上がりごとに試しているが、もはや何を目的としたものなのかは傍《はた》で見ている母親にも分からない。血管がもりもりと浮き出た父親の体は、常識的に考えれば不健康を訴えている。しかし理解の範疇を超えること自体が日常なので、あえて口に出して尋ねるまでもなかった。

それより今、母親は別のことが気がかりでしょうがないのだ。

「お姉ちゃんが、またお金送ってくれって」

「また？」

ヨガマットの感触が気に入らないのか、父親は腰の下に敷いていた座布団の位置を直しながら聞き返した。「こないだ友達の結婚式出るって、送ってやったばっかじゃないが？」

「今度は引っ越ししたいんですと」

母親は布ばりの椅子のオットマン部分を中に引っ込めようとした。足元にすっぽりとハマる収納になっているのが気に入って購入したのだが、使い込みすぎたのか出し入れにここのところかなり手間取る。

「断ったんやろうね」チューブをぐいん、と引っ張って父が言った。

「断ったわいね」

「駄目やぞ。あんなもん。あんた、お金なんてほいほいあげたらいかんぞ」

「だーかーらーあげとらんってば」

「絶対あげるなや」

「しつこい男やね」母親はがたがたとオットマンをいじったあげく、結局あきらめて椅子に腰をおろした。

「しつこい男です、わしゃ」

「お姉ちゃん、ワーキングプアになるかもしれんよ」

「ワーキングプアってなんじゃいね」

「今日の昼、段田さんに言われたんや。あんたんとこのお姉ちゃん、ワーキングプアになるんじゃないけって」

「だからなんじゃって、そのワーキングプアって」

母親は先週転んで擦りむいた膝の絆創膏を丁寧に剝がしながら説明した。「働いても働いても、もう一生貧乏なんやと」

あー、と父親は納得の意なのか、無理をした体操による呻きなのか分からない声をあげた。「だからワーキング、プア」

「そう」

まだそんなに汚れてないからそのまま貼っておこうかとも考えた絆創膏を、母親はやはり剝がすことにした。お風呂の湯がしみ込んだバンドエイドの裏側に血はほとんど付いていない。こないだ脱色した足の毛がまた伸びて目立ってきている、とハンドクリームをかかとに擦りながら母親は思った。

「今、すごい社会で問題になっとるんやって。若者が難民化するって」

ナンミン！　突飛な単語に父親もさすがにびっくりしたらしい。手を離されて、パチン、とチューブが太ももを弾いた。「あんた、また、変な週刊誌か」

「こないだニュースで言っとったの覚えとらんけ。貧困ねんと。フリーターはみんな下流。カリュウ」

「なんでも鵜呑みにしたらいかんよ。あんなん、テレビ局の人間が全部情報操作しとるんやさけ」

少し前にあった生活情報番組がネタを捏造した事件のことを言っているのだ。

「あんたみたいな人間、わし、すぐ騙せる」

母親はテーブルの上にあったリモコンをいじっている。新しいテレビに買い替えてから、番組表が画面に表示されるのでいちいち新聞を広げなくてもよくなった。それまで居間で使っていたものは食堂に、食堂のものは台所、台所のものは……と格下げされていったが、次女が大阪にテレビを二台持っていったので置き場には困らなかった。単純計算すれば、夫婦は一人二台ずつのテレビを所有している。

フラットな画面が発色のいい青に染まり、各テレビ局の放送内容が表示された。左端には天気予報のコーナーまで親切に設けられている。母親は迷うことなく二時間サスペンスを選んだ。女優の顔のアップがハイビジョンで大写しにされ、テレビのすぐ下で寝転んでいる父親と比べると遠近感がおかしくなりそうだった。父親がエアロビクスのように膝を「ワンツーワンツー」と伸ばしたり曲げたりし出したため、女優の鼻には足先がたびたび突っ込まれた。

「そういえばあんた、休み取れたんかいね」

父親がうつぶせになりながら、苦しげに声を潰れさせて聞いた。

「取れたよ。三日間」

「子供たちは？」

「下は有給使うって。上はバイトやからいつでもいいんやと」

この家の両親は姉妹のことをよく「上」「下」と呼んだ。それぞれ顔が父親似と母親似であることから「お父さんの子」「お母さんの子」とも互いに呼んだ。赤の他人から見ると、特にどっちがどっちに似ているかなど判断できなかったのだが。

「女三人でゆっくりしてくるこっちゃ。わしはあんたらのスポンサーや。わしがワーキングプアや。お金、下さい」

五十二歳とは思いがたいほどダイナミックに父は背面をそらした。背骨を折ろうとしてるみたいに見える、と思いながら母親はバッグから手帳を取り出すと、三月の六、七、八の空白に「グ、ア、ム」と書き込んだ。

4

歯を抜くと、人格が壊れてしまった！

というのは大袈裟に考え過ぎだろうか。次女は壁の時計を見据えたまま、痛み止めの効果が薄れるまでにはまだ三十分ある、ともう何度目になるか分からない計算を繰り返した。

しかし、これまでの経験からいって自分はどうやら他の人よりも薬の効きが悪い体質らしいことも分かっていた。抜いたばかりの親知らずの穴がしくしくと痛み出して我慢できなくなって、次女はずっと握り続けていた黒ずんだ歯二本をテーブルに転がし、錠剤を嚥下《えんか》した。

もしかしたらすべてただの思い込みで、本当はそんなに痛いわけではないのかも――舌の先で右の奥歯の親知らずがあったところをまさぐりかける。ツルツルの、不自然に陶器のような歯茎に糸の結び目と血の味を感じて、ひゃっ、とひっこめた。やはり思い込みではなく、痛いものは痛い。

今、次女は涙でまつ毛を濡らしながら、ワンルームマンションの窮屈なソファに寝転がってテレビを観ている。バラエティで芸人がはしゃいでいるのを一心に凝視している。大阪の芸人が全国放送の時よりも、伸び伸びと楽しそうに司会しているように見えるのは気のせいなのだろうか。コメンテーター席に並ぶ顔ぶれもそれほど派手ではないものの、ローカル番組ならではの息の合いかたを感じさせる。

涼しげ、だけども傷がよく付くガラス製のローテーブルはストローの刺さった水のグラスを何度も置いたり持ったりたりするにはちょっとばかり不便な位置にあった。体を起こすのが億劫で痛み止めの包装をイチかバチかでゴミ箱に投げてみたが、やはりラグの中に埋もれてしまった。中身を全部飲んだせいで、飛距離を出すには重さが足りなかったらしい。芝生のような青々しいラグにはソファの下からはみ出ているドライヤーやマッサージ機やPCのコードが複雑に絡まり合っているのだが、今はとにかくゴミを拾う気にもなれない。

効いてくるまで三十分ほどかかる、と歯医者は言っていた。ということは仮にさっき治療中に打たれた三本の麻酔がすべて切れかかっている場合、今飲んだばかりの痛み止めまでのタイムラグはどうすれば……？　鈍痛がどんどんはっきりしてくる気がして恐ろしくなって、次女はすがるように箱からティッシュを抜いた。

スカッとした手応えがあったというべきかなかったというべきか、さっき新しくしたばかりというのに、もうこれが最後の一枚だった。こんなに早くまるまる一箱使い切ってしまうとは。次女は空の箱を底から解体し、ぺしゃんこに折り畳んだ。

口の中に溜まってしまう血を呑み込むのが嫌で、絶え間なくティッシュを嚙み続けて濡れて小さくなったら吐き出して取り替える、という作業を繰り返していたら、ゴミ箱代わりにしたスーパーのビニールの袋はあっという間にパンパンになってしまった。しかしこんな機会でもなければ普段自分がどれくらい頻繁に唾を飲み下しているか一生知ることもなかったはずだろう。

袋の口をぎゅっと固結びでしばり、隅に転がしておく。起き上がれない人のように袋は横になった。半透明のビニール越しに、赤く染まって濡れた塊が透けている。血はこんなに出ても大丈夫なものだろうか？　途端に不安になりかけて、しかし母親譲りの月いちのものの苦しさを思い出し、次女はまだまだ序の口だと考え直した。

本当に、毎月次女は信じられないくらい出血する女なのである。

生理とはそもそも子宮膜が内側から剝がれ落ちたものが体外に排出される状態らしいが、次女自身その尋常ではないと思われる出血量に常々こう思っていた。「これはもはや子宮膜ではなく子宮そのものが出ているのでは？」。

いくら女同士とはいえ、月経関係の質問を友達にぶつけるのは躊躇《ためら》われた。信用金庫の同僚ともそれほど信用のある付き合いはしていない。となると、普通に考えればここで女親、姉妹の出番なのだが、やはり「何日目に」「どれくらいの量が」「どのような形状で」「どんな案配で」出てくるのか、とは尋ねがたいものがあった。

しょうがないので次女は、世間でポピュラーとされている女性誌の、女のカラダ特集なる記事を見つけては、より自分が必要としている詳細が書いていないかとページを捲《めく》った。しかし「どんな案配」だと言及されていることはまずなかった。見つかるのは「優しいセックスを」「穏やかに」「欲しい時には獣になりつつ」などという言葉ばかり。さっきまで優しかった女がセックスをしていくうちに段々獣じみてくる――それは獣憑きをどうしても連想させ、次女は結局、立ち読みしていた雑誌を購入することなく元の位置に戻すのだった。

そもそも長女には生理があるのかさえ疑わしかった。いや、ないはずがない。むろんあるのだろうが、それはいわゆる「ひどい生理痛」に苦しむ自分と母親に比べれば、ないに等しいくらいあっさりめ、のはずである。自分にとっては常備薬である生理痛用のバファリンをまったく必要としない様子からも、その軽度さが窺いしれるというものだ。

取り替えたばかりの口内のティッシュがすでに血と唾液を吸いすぎてべちゃべちゃになっていた。次女はそばに落ちていたコンビニの袋を引き寄せると、中に、べっ、と吐き出した。唾が、唇と袋のどちらからも離れがたそうに三十センチほど赤い糸をひいた。

来週には母と、姉と、グアムに行かねばならない。父親がどんな気の遣い方なのか、やたら「女三人旅プラン」を薦めてきたのである。昔から物の考え方が奇天烈な父親のことだから、何か魂胆でも……と一瞬疑ったが、特に深い意味もないのだろうとすぐに思い直した。きっと本当に家族三人の喜ぶ顔が見たかっただけに違いない。それとも「お父さんも一緒に」などと言われたかったのだろうか。残念だけど二十一歳にもなってそれはない、と次女は口内の舌の置き場に困りながらテーブル上のスタンドミラーを覗き込んだ。顔の右半分が腫れてしまっている。そのシルエットは最近太ってコロコロしてきたという、母親がこないだ送ってきた写メールの父親を彷彿とさせる。

5

「誰メール？」

「母メール」

「なんだって？」

「お金は送りませんって。っていうかグアムの旅費も払えって」

「まあそう言うだろうね」

「えー。っていうか、タダだから行くんだよね？　家族旅行って。親の金で豪遊しにいくイベントだよね？」

仕事を終えて帰ってきたばかりの長女の恋人は、まだそれほどうまく着こなせていないスーツを脱いで、ネクタイをゆるめた。長女より二つ上の二十七歳のこの恋人は自他ともに認める脂性で、最近鼻の頭が何度拭っても光り続ける。「皮膚の移植の手術をしようか」と本気で悩み、長女の説得でなんとか思いとどまっているものの、仕事カバンの底にはクリニックのパンフレットを隠し持っている。

「あと、ワーキングプアに気をつけろって」

「僕らのこと？」

「じゃない？」

長女が手にしていた携帯画面を向けると、そこには『子供はまだ作りなさんなよ』という件名で、確かにビックリマーク付きの注意が喚起されていた。

「気をつけろって言われてもなあ」

長女とこの恋人は東京で同棲してそろそろ一年になるが、結婚は貯金が溜まったら、という二人のあいだの話し合いで、未だ具体的な見通しは立っていない。言われなくとも、この経済状況で子供など作れるはずがなかった。二人は格安で都内、控えめに都内と呼んでも許される地区に一軒家を借りている。駅名を言うと必ず「え、それって何線のどこですか？」と聞き返される。

東京だというのに懐かしい、格安だけあって老朽化の激しい家だ。前住んでいた人の名残りが染み付いて、あちこちにそこはかとなく仏壇のような趣がある。焚いていないのに線香の香りがするような。そのせいか、長女と恋人の生活は結婚前だというのに、すでにどことなく所帯じみていた。

恋人は開けっ放しの襖をまたいで食堂に移動し、長女の用意した遅い晩ご飯に箸を付け始めた。日付をこえる残業で正直食欲もあまりないが、食べなければ体力がもたない。明日も、明後日も、やの明後日も、どうせ残業である。しかし勤務記録ではいつも八時に退社していることになっているというから世の中は不思議だ。彼には分からないことだらけだが、考えている暇もない。

メニューは今日も肉と野菜をにんにく醬油で炒めたものがメインだった。野菜はその日その日によって一応違うが大体、もやし、白菜、キャベツ、小松菜……目をつぶって嚙んでしまえば味の違いは大差ない。バイトをしている長女も毎日これを食べているのだから、ただ単に手抜きという話ではないだろう。その証拠に、こないだの休みはニンテンドーDSで『美味《おい》しんぼ』のレシピを見ながら、ずいぶん凝ったものを作ってくれた。料理名を聞いたはずだが、覚えていない。タコを使った初夏の……何、だったか。初夏でもないのに初夏の料理を選んでいたことと、「カイバラユウザンがどうのこうの」と言っている印象が強すぎて、味も忘れてしまった。

温め直した味噌汁が漬け物の隣に置かれ、長女の恋人は百円ショップで揃えた薄すぎる椀に手を伸ばした。合わせ味噌に、ほんのりいつもと違う風味がある。

「あ、しじみ……!」

「あのさあ、ロストジェネレーションって言うらしいよ」

「僕らの世代?」

「うん」

なんとなくその言葉は知っていたが、向かい側に座った長女が話したそうな空気を発していたので、恋人は「どういう意味？」と促した。インパクトのある単語に飛びつくところが、一度だけ電話で話したことのある彼女の母親によく似ている、と彼は思った。

「なんかさ、あたしたちってバブルもギリギリで終わってるし、でもすっごい勉強させられて、ほら、受験戦争とかすごい、一番きつい世代でさ、でも氷河期で全然就職できなくて、可哀想なんだって」

「ああ、そうかも」

「可哀想って、なんか、こない？」

長女はTシャツの上からブラジャーも付けていない自分の左胸をわし摑みにした。

「可哀想ってさ、なんか、くるんだよね、あたし」

しじみの身を一つ一つ舌でほじくる作業を、若干煩《わずら》わしく思いつつ恋人は頷いた。

「心から言われてる感じだよね」

「そうなのそうなの！　あたしたちに対する分析、とか、結果、じゃなくて個人的感想じゃん？　しかも、しかもね、今の二十五歳から三十五歳までがそのロストジェネレーションに該当するからさ、二十四歳の人はセーフなの！　外れてよかったって思うんだって。今の、二十四歳以下の人があたしたちのこと可哀想って思うんだって！」

長女は今にも泣きそうな顔で立ち上がり、流しの上の棚から小さいボウルを取り出した。恋人は箸でつまんだしじみの殻をひょいひょいとその容器の中に落としていった。

やばすーやばすー、と長女は言いながら、冷蔵庫のタッパーから菌を繁殖させて増やしてる自家製ヨーグルトを皿にうつした。ハチミツと砂糖を入れてかき混ぜている間も、その、やばすー、という妙な言葉を繰り返していた。それから「あたし、なんであと一年遅く生まれてこなかったの？」と、恋人の口の前にスプーンを運んだ。いらない、と答える前に無理やりスプーンが押し込まれ、恋人は豚肉とヨーグルトの食感を同時に味わった。未知の甘じょっぱさに鼻の毛穴から皮脂がまた少し分泌した。

「あと、なんか妹がさ、母親の旅行代出すとか言ってるらしくて」

「お父さんが出してくれるんじゃないの？」

「出すんだよ、全然。っていうか自分で出したがってるしね、あの父」

「じゃあ」

「そう。出させときゃあいいのに。だってこないだもさー、妹が従兄弟の子供にお年玉を……あれ、したっけ？　この話」

すでに二度聞かされていたが、恋人は特に聞きたい別の話があるわけでもなかった。

「あげたんでしょ、妹が」

「もー姉としての面目丸潰れだっちゅうの！　どうなんですか。どうなんですかね、従兄弟の子供にお年玉、妹」

あなたあげてるの？　と尋ねられ、恋人はどうだったかなあ、と箸をくわえた。島根の故郷にはしばらく帰っていない。従兄弟に何人の子供がいるかもよく覚えていない。

「そもそも何歳からあげるもの？　お年玉平均あげ年齢いくつ？」

「ハタチ、か就職した時点で？」

だって就職できてないもーん、と長女はまたメソメソと情けない声を出した。この人はなぜアナウンサースクールにいたんだっけ、と今さらになって恋人は三年前の二人の出会いを思い出したが、自分だってたまたまテレビ局でバイトしていた若者だったので、そういやあの時ぼく金髪だったなあ、と箸を軽く噛んだだけで回想は終わった。

それが今や「二着買うと三着目がただになる！」という背広を着た、過労の人、である。噛んでしまう癖のせいで彼の箸先は塗りの表面が剝がれ落ちて、見るからに貧乏臭い。長女は取り替えたばかりなのに、といつも怒る。ざらざらした感触が、しかし、猫の舌のようで恋人は嫌いではないのだ。

6

二十五歳の長女は、東京の大型スパ施設でバイトをしている。

スパ内の垢擦《あかす》りマッサージコーナーで毎日、さまざまな裸の女の疲れを癒している。太った女、瘦せた女、中肉中背の女、モデルのような女、子供を五人ほど産んでいそうな女……都心にほど近く、朝五時まで営業するスパに来るお客は、ポロシャツと短パン姿でホースからお湯を出す長女の脇のマッサージ用ベッドに横たわる。

他のエステはすべて一度、受付で渡される館内ウェアを着用して上のフロアへ移動しなければならないが、この垢擦り『ブルーラグーン』だけは濡れた裸体のままで始められる。料金もハワイアンセラピーやタイの古式ヒーリングサロンに比べれば、の手頃さがうけている。低温サウナの隣にドアもない、小さなドーム状のスペースがあり、垢擦りスタッフはそこで随時四人ほど待機しているのだ。

いろんな胸を長女は拝見させてもらっている。こんなにまじまじと同性の胸を観察できる職業が他にあるのだろうか、と彼女はいつも思う。開いた毛穴にしっとりした感触のソープを塗り込み、円を描くようにグローブを動かしていく。顔をタオルで隠しているぶん、客は体で人格を伝えてくる。いや、それはあくまで長女の趣味の人間観察による見解なのだが。目は口ほどにモノを言うように、胸を両目に見立てて「顔」だと思ってみる。すると誰もが愛嬌のある、別の生き物に見えてくるから不思議だ。

大きな乳は垂れ目のように横に広がって、可愛らしいマスコットみたいになる。小さな乳は仰向けになった途端、どこかへ消え失せる。長女は痛くしすぎないように腕を滑らせながら、大きく口を開けて酸素を体内に求める。湯気で蒸しているため、垢擦り場は常に息苦しい。喉が渇いてしょうがないのだ。

都会の遊び場特集が組まれれば必ず取り上げられる天然温泉施設の利用客は多かった。平日はともかく、土日ともなればフロントに直接つながる防水電話で予約しなければ、ベッドが空いていることはまずない。恋人に褒められた肩揉みの特技が高じて、楽しそうだし、と職場を決めた長女は改めてマッサージが肉体労働であることを痛感した。接骨院に通い出したのも、この仕事を始めてからである。

パンフレットによれば、長女は従来の垢擦りではなく「美」と「癒し」を融合させた施術を行わなければならないらしかった。最長で八十分間、長女はマグロの解体ショーを思い起こさせる無防備な寝姿の女たちの体から、ひたすら垢をすり出す。ゴルフボール、とまではさすがにいかないものの、好みのアトラクション風呂に浸かり、毛穴を全開にしてやってくる客からは消しゴムのようなカスがボロボロ取れた。全部合わせると一体どれほど巨大な垢ボールができあがることだろう。

「経験ない方でもやる気あれば！」という職場に長女はアルバイト枠で採用されていた。アナウンサースクール時代に培った滑舌のよさも正しい日本語のイントネーションも、なんの役にも立っていなかった。現に同じバイトの黄《コウ》さんなどカタコトしか話せない。

「今日ハモウ、アガテイイテ」

これから大塚に韓国料理を食べに行こうと隣り合うベッドで話していた二人連れのBコースを同時に終えたところで、黄さんが声をかけてきた。担当場所の石けんのぬめりをお湯で洗い流していた長女は、ホースを握ったまま振り返った。まるで水族館でイルカの調教師をしているかのように浅黒い肌の黄さんは「イマのフタリ、ニューハッフ、ダッタネ」とグローブを外しながら言った。

「ニューハッフ、ダッタヨ、ゼッタイ」

館内の規則で、本当なら性転換手術を受けている人間は即刻退去させなければいけないのだが、別に誰に迷惑かけてるわけじゃないし、と長女は二人を見逃していた。そこらの女より普通に美人だったし、とシャワーのお湯を泡とともに排水溝に誘導しながら思った。というか股間手術は費用百万円、という噂を耳にしたことがあるが、あれは本当なのだろうか？　あおむけになった客には濡れタオルをビキニゾーンに置くという、人によっては余計に屈辱を受けそうな恰好をさせるので、その辺の細かい造作まで確かめることはできなかった。Dカップほどありそうな椀型の胸は、二人とも潰れることなくキレイに上を向いていた。

「それより、もうあがっていいって？　誰に言われたの？」

「ハヤシバサン」と、黄さんは答えた。

一番奥で施術中のベテランマッサージ師の顔を確かめると、親指で客の頭頂部をぐりぐりと刺激しながら「うん」と小さく頷かれた。客の顔には股間と同じく蒸しタオルが乗せられているので、スタッフ間のこうしたやりとりを見られることはない。ヨーロピアン風のタイルの壁に備え付けられた時計の針は、九時近くを指していた。シフトの予定よりまだ一時間早い。長女は給料から天引きされる時給九百五十円のことを咄嗟に考えた。十時を越えると深夜料金が上乗せされるのに——しかし、よかれと思って早上がりにしてくれた林葉さんの好意をむげにするわけにもいかないだろう。バイトと正社員は、どこの職場でも大概非常にデリケートな関係なのである。

「なら、あがろうか」

ジャッ、と音を立てて、長女は今日八時間ほど両手にはめていた鮮やかなグリーンのグローブをしぼった。背後でも、ジャッ、と同じようにしぼる音が聞こえた。

お金がないから自炊しなければ、と飯の誘いを断ると、黄さんは「グアムでオミヤゲ、カテキテネ」と歩道橋の二股のところで手を振って歩いていった。おそらく自分よりなけなしの金で誘ったご飯だろうに、と長女は申し訳なさを覚えて振り返ったが、彼女は信号の向こう側の階段をすでに降り切っていた。

なんとなく昨日の母親からのメールを思い出して、長女はあと一年遅く生まれていれば……と詮無いことを例の、無防備な人、の歩き方で再び考えた。生まれながらにして何かを失わされている世代。幅の広い歩道橋には見通す限り誰もおらず、コンサートや野球の試合などが行われるドーム状の巨大建造物がやけに白く浮かび上がって、スパに隣接している。昼間や夕方はイベント目当ての人間でごったがえす駅前も人払いでもされたかのように閑散とし、車通りもほとんどなかった。

駅の改札でパスモの残金があと六十円しかないことを知り、長女は三千円を券売機に飲み込ませ「領収書あり」のほうの表示をタッチした。こうして領収書を提出すれば交通費は、『ブルーラグーン』から支給される。ほどほどに空いた電車内には、カバンを抱きかかえたサラリーマンが酔いつぶれて、首をガクンと垂れ下げていた。向こうの車両ではＯＬらしき女が、サラリーマンの首と対のように天井をあおぎ、口をだらしなく開けて寝ている。あの角度ではおそらくスカート内のトライアングルゾーンも向かい側から丸見えだろう。

見せてはいけないものを人から自覚なく見せられる時、長女はいつも言葉にしがたいむず痒さを覚える。あたしだからなかったことにしてあげられるけど、その光景は確実に存在することを忘れないでほしい……。だがひょっとすると、周りの誰もがそんな光景を「現実とは別物」と切り離して、記憶の空白部分へと追いやっている気がしなくもない。エアポケット、という言葉を長女は思い浮かべる。自分はもしかしたらそのエアポケット——あるものをないことにできてしまう人間の性能の高さに戸惑っているのかもしれないな、と。

外のほうへ目線を外すと、暗い神田川の堀があった。

長女が乗っているこの電車から、川の水面に映る御茶ノ水駅の黄色い光彩を見るたび、騙し画みたいな風景だといつも思う。窓にもたれた長女は恋人と——まだ今みたいな将来が待ち受けているなど考えもしなかった頃に——渋谷まで二人で観に行ったエッシャー展のことを思い出した。

「三つの世界」という、水面下の鯉と、そのみなもに浮かぶ葉と、水鏡に映り込む樹木、が一枚の画の中に描かれた作品のことを。巧妙でうっかり信じてしまいそうになるが、構図にトリックがあって現実には絶対にあり得ない風景らしい。絵画の知識などまったくないというのに、長女はその一枚をえらく気に入ってずっとずっと立ち止まって眺めていた。行列をなして説明のイヤホンをつけた人たちが迷惑そうにぶつかり、脇から大袈裟に身を乗り出して覗き込み、諦めて通り過ぎていくほどに。

下に流れる神田川と、その土手を平行するJR線と、その下を斜めに突っ切る丸ノ内線。その三つは、垢擦りで疲れ切った長女の頭の中でいつしかエッシャーの画のように交錯している。

7

次女は大阪の某アミューズメントパークに来ていた。

抜いた親知らずのあとがあまりにも痛み、ストレスを感じていることを心配した次女の恋人が、気晴らしにと外へ連れ出したのだ。普段はおおらかなはずの次女の様子がいつになく不安定で、一緒にいても安らげないから、という理由を恋人はあえて口にはしなかった。

「何、乗りたいねん？」

さっきから五分置きに腕時計に視線をやっては頰を押さえている仏頂面の次女に、恋人は食べかけのクレープを突き出した。

「好きなん、乗ってええで」

「っていうか、こんなん歯痛い人間に食べさせようとする意味が分からんがやけど」

次女はピンクの包み紙が、バナナの皮のようにビリビリと無造作に捲《めく》られているクレープに一瞥をくれた。食欲などなかったので、恋人がワゴンの前に走って並び出した時も、財布をバッグから出しつつ「あとでご飯、食べれんくなるよ」と注意したのだ。その声は園内の賑々しい音楽にまぎれ、届かなかった。ならばせめてツナサラダなどのおかず系がいいと次女が思っていたところを、甘党の恋人は迷うことなく生クリームとアイスのトッピングをメニューから選んでいた。

「お前、歯ぁ抜いたやん。なら歯ぁ痛《いた》ないやん」

頭の悪そうな理屈を、聞く人が聞けば一発で無理していることが見抜かれるだろう下手な大阪弁で並べる恋人に「口が痛いんやって」と、次女はあくまで北陸の方言で言い直した。それから会話を成立させる気も失せて「いい。もらうわ、ありがと」と突き出され続けていたクレープを受け取った。

次に目指すべきアトラクションをきょろきょろと探しながら恋人は「残り、全部食べてもうてええから」と親指についた生クリームを舐めている。「もうてええから」のイントネーションがこれまた嘘くさくて、次女は散々お願いした「その喋りかたやめてくれんけ」という言葉が口をついて出そうになったが、結局やめた。恋人はおそらく関西弁を話せている俺、が気に入って気に入ってしょうがないのである。そのせいで「同郷なのだからせめて自分たちのあいだくらいは……」という批判を込めて、彼女は強情に地元の方言を使い続けているのだった。

　この恋人とは、次女が信用金庫の先輩に「知り合い飲み」への参加を盛んに勧められ、四ヶ月前に出会った。二十一歳の同い歳、同じ出身だという男の、後天的関西系ノリに最初はついていけない部分も多かったが、知らない土地に来ていた寂しさも手伝ってか「お前のこと、オレ、めっちゃ好き」という一瞬ボディランゲージ？　と思うほどシンプルな告白に次女は弱った心を動かされた。この時、もし語尾に「やねん」が付いていたらぎりぎりでアウトだったかもしれないが。

　付き合ってみると、予想通り、底の浅い男だった。

　高校の時、バイト先の大学生と付き合っていたこともある次女からすれば、傍若無人な恋人の振る舞いは幼児にしか見えないときが多々ある。「オレ、会社設立すんねん」「なんの会社？」「株」「株の会社って？」「株をトレードすんねん。一日で三億稼ぐねん」。なぜこの男と付き合っているのだろうと分からなくなるうちに、家に転がり込まれてしまい、情がうつっていた。堅実であるとともに、彼女は蟹座の女の特徴ともされる、深い母性の人、でもあった。

次女はけなげにも『猿でも分かる投資信託あれこれ』というマネー本をそっと置いたりもしていた。自分が働いているあいだに目を通してくれれば……と考えたのだが今のところ、本の下の少女漫画雑誌しか手に取られた形跡はない。この恋人をどうにかしたければ、猿以下でも分かる本を探さなければならないのだろう。

「そろそろジェットコースター、いっとく？」

いくつかのテーマ別になっているエリアを時計回りで制覇していったあと、本物の猿のような赤毛の恋人は興奮を抑えきれない口調で、園内の中央付近に指を向けた。新しくお目見えしたという「世界初感覚ライド」なるシロモノは今まさに50メートルほどの上空から滑るように落下する瞬間だった。きゃあ、という悲鳴はあがっているものの、乗り物自体はほとんど走行音もせず静かだ。文明は進化している。従来の絶叫マシンのイメージを覆すというキャッチコピーもまんざらウソではないらしい。

「駄目やって。一週間は安静にしとらんなん。ジェットコースターなんか乗ったら、Gがかかるやろ、Gが」

「あほか」

「あほちゃうわ」

つられて関西弁が出てしまい、次女は即座に「あほじゃねえし」と言い直した。恋人は勝ち誇ったように笑って「Gなんか、かかるわけあるかい」と次女のコテで巻いた髪の毛先を掌《てのひら》に乗せて持ち上げた。

「あんた、Gの意味ほんとに分かっとるん？」

「分かっとるで。Gやろ、G」

高所恐怖症の自分が、絶叫マシンに乗って血まみれの奥歯を嚙み締める姿をまざまざと想像して、次女は走っていこうとした恋人を引き止めた。背中に斜めがけされたナイロン製のバッグを摑まれた恋人は勢いをそがれ、「盛り下がるわーお前」と言う。

「いっつも教えてるやろ。大阪ではノリが命やねん」

「嫌や。帰りたいし。普通に、地元に」

「ゴウに従えや。そんなんやったらお前、いつまでたっても孤独やぞ」

「孤独言うな」

二人は午後三時から入園すればお得なフリーパスを購入していたため、さきほどからパーク内にはイルミネーションがぽつりぽつりと点《とも》され始めていた。もっと暗くなれば、白いコースターそのものが七色の光を放って夜空を駆け巡るらしい。

「とにかく、乗るで」

「じゃあ私、そのあいだあっちの店、見とる」

「好きにせえや」

オレにはSっけがある、と呑むたびに周りの人間に吹聴している恋人は背の高い次女を精一杯見下ろして、その場を走り去っていった。ジェットコースターまでの道のりはそれなりに入りくんでいるはずだが、彼の足取りに迷いはない。もう三度もデートで来訪しているテーマパークの、どこになんのアトラクションがあるかの位置関係は、次女の頭にもしっかりと入っていた。未だ大阪という土地自体はほとんど把握できていないというのに、それがまた物悲しい。歯を治療し始めてから、北陸に帰りたい、という思いだけがどんどん強くなっている気さえする。

せめて車を持って来ていたら、と次女は思った。あの時、父親がおかしなことを言い出さなければ、もう少し行動範囲が広がっていたかもしれない、と。大阪に勤務して三年目になる次女は相変わらずギャル風で、しかし派手なものを好む大阪人にまぎれると、そのファッションは本人の意思とはうらはらに、違和感なく周囲に馴染んだ。

もともと目鼻立ちのはっきりしている顔が好みの恋人に「お前も髪、クルクルにせいや」と言われ、今ではカールがかったエクステンションまでつけている。ギャルぶるには痛々しい感が否めない、年上の信金の先輩に教えてもらった店で買い物をしているため、昔よりもむしろ華やかになっているかもしれない。相変わらず高額なものにはそれほど興味が湧かなかった。というよりも、ギャルっぽい服で高いものを探すほうが意外と難しいのである。

長女のように裏日本の気質について、次女が意識することは特になかった。しいて風土らしきものに触れる機会があるとすれば、愛読のファッション誌でたまに特集が組まれている『六大都市おしゃれスナップ選手権！』のページだろうか。札幌、東京、名古屋、大阪、神戸、福岡。地元の女の子に流行っているもの、人気のコーディネートを紹介する企画で、それぞれをよく比較すると流行の違いは如実に出ている。長女のリラックスした服装にも、ようやく合点がいった。

次女の部屋にはここ三年で小さな本棚が二つほど買い足されていた。電車があまり好きになれず、恋人の友達に紹介されてもやはり彼らのノリについていけず、仕事以外ほとんど外出しなくなった彼女は昔より本をよく読むようになっていた。

読書家、と胸を張れるほどではない。雑誌や漫画も多い。文章を三行以上読めない恋人は「地味すぎるねん」と彼女の休日の過ごし方を揶揄《やゆ》したが、次女は本を読むようになった自分が我ながら好きであった。錯覚だと知りつつも、読んだ本が一冊ずつ増えていくたび人格がよりしっかり形成されているような気がしたのである。

痛み止めがそろそろ切れる時間だと思い出して、次女はそばのワゴンで、一番嚙まなくても済みそうなゼリーを買った。足元をみられているとしか思えない高い値段で買った安物の果実の味を、ペットボトルの水でごまかしつつ胃に流し込む。食後に、という説明を忠実に守って、炎症を抑える薬、抗生物質と一緒に次女は服用した。

それからテーマパークが期間限定で盛り上げているキャラクターグッズの店をしばらくうろついたあと、ジェットコースター乗り場の前を通りがかると、階段の上のほうから恋人がおいでおいでと激しく手招きしているのが見えた。あれからずっと順番待ちしていたらしい。いつまでもしつこく手を振り続けるので、

「なんやって」

他の客から追い抜かしに対する冷ややかな視線を浴びながら訊くと、恋人は「お前も乗れや」と言った。やっぱり、と思いつつ、

「一人で乗ればいいやろ」と次女は言い返した。

「オレだけ一人やったら寂しいやん」

「一瞬やん」

「半端やん。あれ見てみ」

もうすぐ係員に案内される鉄階段の踊り場のようなところには、無人のジェットコースターが緩やかに滑り込んで来ている。走行音があまりしない、とさきほど下から眺めていたときは思ったが、こうして間近で観察すると、なんだかんだでレールに摩擦するタイヤが今にも火花を散らしそうな勢いだ。おそらく恋人はその乗り物の座席が2シートずつであることを主張しているのだった。

「こないに並んでんのに、オレの隣だけ空いてるなんて、オレ、めっちゃみんなの迷惑やん」

「三人のグループとかおらんがか？」

「おらん」

恋人は、我が意を得たり、というふうに胸をそらせた。

「駄目や。絶叫マシン、私ほんっとに嫌ねんて。高いとこから落ちるのって、あんた、怖くないいん？」

「全然好きやで」

「こんなん、お金もらっても絶対嫌や。絶対、嫌」

「スリルとか必要やないってこと？」

恋人は、次女のバッグに手を伸ばして手慣れたスリのようにペットボトルを抜いた。次女に買わせたものを当然のように一気にごくごくと飲み干してしまう。この男は何故、ここまで堂々としていられるのだろうか？　職も安定していないのに堂々と。他所《よそ》の土地であるのに堂々と。それが不思議で自分はこの男と付き合っているのかもしれない、と次女は思った。さきほど別のアトラクションに乗った際にかかった水で、恋人の赤い前髪はまだ少し湿っていた。

「そうや。スリルとかいらんのや、お前は」

恋人は一人納得したふうに首を、うんうん、と動かして「満足しとるんや、ええなあ」とまた微妙なイントネーションで繰り返した。近未来がデザインのテーマであろう、白黒の突飛なユニフォームを着用した係員が二人に向かって「足元、７の数字がふってある列におすすみ下さい」と近未来をイメージしたであろう口調で誘導した。

白いコースターはいつのまにか夜空の中を、鮮やかに発光し始めている。

8

「いってらっしゃいませ」

　うやうやしすぎる礼をして、父親は車のトランクから下ろしたスーツケースを母親のほうへ転がした。「楽しんで来て下さいませ。わしは、あんたがたにケツの毛まで毟《むし》り取られますので」

「あんた、ちゃんとうさぎに餌あげてよ」。母親は、意味の分からぬ彼の言うことをまったく聞かずに、エンジンが掛けっぱなしになっている車のドアを閉めた。だだっ広い空港の駐車場はどこから見てもスカスカなのに、たかが五分ほどで済む見送りに駐車料金など払いたくない、と二人とも思っていた。それで市街に向かうバスの手前のスペースに、こっそりこうして車を横付けさせているのだ。

「水も一日置きに変えんなん。あんたのうさぎやし、死んでも私、知らんけど」

「死なん」

父親は、空港の入り口前の段差で突っかかえたスーツケースを少し浮かせて、「うさぎは死なんよ、お母さん」と繰り返した。

二人は実家で飼っている一匹のうさぎのことを言っているのだった。黒いうさぎには子供たちの付けた名前がちゃんとあるのだが、動物嫌いの母親はもう十何年間、自分で餌をやっているにもかかわらず頑として「うさぎ」としか呼ばないのである。父親がもらってきた当初、小学生だった姉妹にうさぎは熱烈に世話をやかれた。庭にブロックで作った小屋からうさぎが逃げるたび、懐中電灯片手に懸命な捜索活動が、隣の草ぼうぼうの空き地を中心にしてシラミつぶしに行われた。だが一年もすると子供達はあっさり興味を失い、うさぎは小屋の片隅で鼻をひくひくさせているだけの生物になり下がった。

結局「ペット反対」と最初から主張していた母だけが、かわいくないと言いながらも、キャベツの芯やにんじんの皮を今も与え続けているのである。うさぎは実を言えば本当はもう七代目なのだが、黒いという以外、分かりやすい特徴があるわけではなかったので、死んだらそっと入れ替えるという奇妙な行為を父親が繰り返しているうちに、誰もがうさぎは我が家にいて当然と思い込んでいた。

名前も最初の一匹目に付けられた「おもち」をずっと襲名させており、それも次女が途中までは「おもち一代目」「おもち二代目」と数えていたのに、長女がからかって時そばを真似た時点で、「おもち」はただの「おもち」になり、母親が「うさぎ」と言い続けたせいで今は単なる「うさぎ」でしかない。

「パスポート、ちゃんとある？」

「もういいから。あんた、ぐずぐずしとったら怒られるよ、車」

母親はスーツケースを手元に寄せ、顎を動かした。向こうは30℃あるし荷物になるから、とぶ厚いコートを手渡された父親は「ほんなら気ぃつけいや。電話、くださいね」と小走りで車に戻っていった。

ガラガラとスーツケースを転がすと、空港の自動ドアの直前で強い北風が母の帽子を頭から払い落とした。三月の北陸。母親はノースリーブに薄いカーディガンを羽織っただけの、すでにリゾートスタイルである。骨を握りしめるように、彼女はいつもダンベルで落とそうとしている二の腕の肉にぎゅっ、と指を食い込ませた。

あと一日もしないうちに自分が常夏《とこなつ》の島、楽園グアムにいることなど到底信じられない。

9

成田空港までの移動だけで、ふざけたことに二千円近くもかかってしまった——長女はせっかくの旅行の出だしでいきなり憤りを感じつつ、早くも使い切ってしまったパスモをなくさないよう財布にしまい込んだ。

成田空港は第一ターミナルと、第二ターミナルに分かれているのだという事実を、彼女は今日はじめて知った。東京とはなんと複雑な、縦横無尽に線路に埋め尽くされた土地だろう！　たとえば亀有《かめあり》と亀戸《かめいど》は完全に行き先を誤解させようと何者かが企んだ地名としか思えない。間違えて到着したものはみなこち亀の両津勘吉の像を見ながら困惑するのだ。やられた、ここは亀有だ、と。

色とりどりに自社の電車の始発駅から終着駅までが記された路線図を確認するたび、空間を認識する能力がいちじるしく欠けている長女は軽いめまいを起こしそうになる。この日も危うく羽田空港に向かいかけてしまい、気づいた時には待ち合わせ時刻ぎりぎりで「ああ、もう自分はグアムになど行かれやしないのだ」と、階段を二段飛ばしで駆け上がりながら、寒空の下、冷や汗をかいた。

なんとか出発ロビーに辿り着き、母親と次女の姿をスターバックスの店内に発見した。朝の十時、それぞれ北陸と大阪から成田までの移動で二人はすでに疲れきっているらしかった。

母親は久方ぶりの再会にも拘わらず「お姉ちゃん、ここで荷物みとって。私ら、トイレ行ってくるから」というそっけない第一声で、長女に複数のスーツケースとともに居残りを命じた。一段とヤンキーのようになった次女とはろくに目を合わすことも挨拶を交わすこともなかった。照れ臭さもある。気まずさも若干。彼女が姉である自分に対してどのような感情を抱いているか、長女はさすがにうっすら感じないはずがなかった。

母親には口止めしてはいるが、もしこの旅費を払わないと断固言い張ったことが知れたら……。

長女は腕時計に視線をやりながら「間に合うのか？」と自分のせいでありながらも、やや心配になった。どうやら二人は洗顔フォームやタオルやら歯ブラシを持ち込んで、トイレで軽い身支度を済ませにいったらしかった。だからといって動きようもないので、長女は母親の飲み残しらしきアイスカフェラテをズズッと啜る。ほとんど薄まった水のような液体。トレーにストローのゴミなどを集め、回収ボックスまで持っていき、「飲み残し」と書かれた穴のほうへカフェラテの中身を氷と一緒に捨てる。その間、無人になったテーブル席から荷物が盗まれやしないかと突如不安に襲われ、激しく振り返ったが、隣の席の外国人二人組は談笑を交わしているだけで、それはまったくの無駄な杞憂《きゆう》に終わった。彼らのTシャツからのぞくたくましい二の腕には、お揃いの入れ墨が施されていた。

ようやくトイレから帰ってきた母親と次女を急《せ》かすように立ち上がった長女は「早く早く」と店を出、出発受付カウンターの列の最後尾へ並んだ。

「パスポートあるか、ちゃんと確認しといてや」と訊くと、それぞれが手持ちのバッグをチェックし、「あるわ」「あるわ」と言う。

「そういうあんたこそ、あるんかいね」

長女は首からぶら下げる形の水色のナイロンポシェットに、今回のためにわざわざ申請したパスポートを入れていた。ポシェットは薄く小型のくせにいくつもチャックがあり、すべてのポッケを勘で開いていったあと、最後にようやくパスポートを発見し「あるわ」と言った。忘れたかと思って、内心はとてつもなくどきどきしていたが、長女は長女としての威厳をなんとか保った、と思った。

「チケットはあんたら、絶対なくすからお母さん持っとく」

今回の旅行は、母親が近所の奥さんに相談しながらパンフレットを見比べて選りすぐったパッケージツアーであった。どうせ行くんだからケチってもしょうがない、汚いとこ泊まりたくないし、と母親は中の上クラスのツアーを代理店に申し込んでいた。二泊三日。行きと帰り以外はほとんど各自で好きに行動してよい。というか「面倒かけさせるな。勝手にしろ」という代理店の思惑と解釈して問題ないだろう。

混んでいると思われたチェックインカウンターの列は、効率のよいフォーク並びによって予想よりはるかに早く順番がやってきた。三枚のチケットには親子それぞれの名前が隅っこに小さく小さくローマ字で記載されており、油断していた母親はあたふたと「これはおねえ」「これはチビ助」と受付に差し出すぶんを二人に手渡した。母親はいつからか三人の中で一番背が高くなってしまった次女を、今でもよく「チビ助」と呼ぶのだった。

「ファミリー」

と母親はパソコンをブラインドタッチで操る女性のカウンター前に先陣を切って進み出た。

「ウィー、アー、ファミリー、フォー」

「ご家族ですね」

日本人女性は頷いて、パスポートとチケットを確認し、スーツケースに番号札を巻き付けたあと、コンベアに乗せた。英語を話す必要も、家族だと説明する必要もここでは特にないらしかった。人数が四人ではなく三人だったこともすみやかに無視された。

母親の、まだスペースに若干の余裕があると思われるいかにも主婦受けのしそうなアイディアバッグはコンベア上を静かに静かに遠ざかっていった。長女の千二百円のストライプ柄の布キャリーバッグも。これはトランクです、と唯一胸を張れる、次女のアルミ製鍵付きスーツケースも。火葬場で焼かれる遺体のように粛々と運ばれ、ビロビロしたゴムの元へずんずんと滑り込んでいった。

三人はまだ少し時間が余っていると分かったので、とりあえずゲートをくぐって手荷物検査と出国審査を受け、搭乗口近くの免税店を見て回ることにしようと話した。しかし、ちょうど今月からテロ対策強化が厳しくなったばかりで、液体状のものは「とにかく駄目」。

　そのことは母親から再三忠告されていたため、姉妹は特に困りはしなかったが、当の母親本人がミネラルウォーターを持っていた。ペットボトルごと握りつぶすかのような勢いで喉奥に押し込み、はあはあと荒い呼吸を整え、まだ四分の一ほど残っている容器に精神を集中させている。傍らで見ていた長女が、

「捨てればいいやん」

　と北陸と東京、まだどっちつかずの微妙なイントネーションで言った。

「別におかん、喉渇いてないんやろ」

「渇いとらんけど」

　母親の口からはまだはあはあはあの名残りが漏れ出ていた。「でもさっき買ってしまったばっかりやもん」

「っていうか水持ち込めんぞって、自分で散々言っとったんに、なんで買ってしまうんよ」

「お腹痛かったんやって」。少々苛ついた口調で食ってかかる長女に向かって、母親は下腹部に手を添えた。

「はじまってしまった、生理。最悪やー」

母親は飛行機に乗る前になんとか痛み止めを飲んでおこうとしたらしかった。だが東京の、しかもトイレの水など飲めたものではない。仕方なく売店でミネラルウォーターを購入し、一口分だけ飲んだ、と言うのだった。

母親は逆ギレのような、申し訳なさそうな、中途半端な表情をしてみせた。私が悪いわけではない、と言いたげだった。まるで何度も確かめた目覚まし時計が寝ている間に壊れており、アラームがならず遅刻してしまった場合、人は本当の本当に心の底から「自分が悪かったです。すみません」と謝れるだろうか？　とも言いたげだった。

一方、長女はまったく別のことを考えていた。グアムにこれから行くというのに生理。そのタイミングの悪さがなんとも歯がゆい。旅行はなるだけ楽しくしたいものだ。下腹部に鈍痛を抱えている人間がメンバーにいるのは好ましくなかった。母親が表面上ニコニコしていようが「本当は痛い癖に、生理のことだけを考えている癖に、私たちに気を遣っているのではないか」という雑念に絡めとられ、たとえナイアガラの滝を前にしてさえもおそらく自分の心が自然の壮麗さに奪われることはない……などと考えている隙に母親がまた握りしめていたペットボトルをラッパ飲みしようとした。

「おかん！」

長女は悲痛に声を荒げた。近くの数人が驚いて振り返った。

「リスクとリターンが見合ってないってことがなんで分からんがよ！　水捨てることのリスクと、そんな苦しくなってまで水飲むリターンが全然あってないやろ！　そんなんやから、そんなんやからおかんは駄目なんじゃ！」

「あんたは何を言うとんがじゃ！」

「だからリスクじゃ！　リターンじゃ！」

「何を言うとんがじゃ！」

「……飲みたいっていうんやから、飲ませておけば」

母娘の感情的な罵《のの》り合いに、ようやく次女が割って入った。二人とは少し距離を取るように広げていた文庫にしおりを挟みながら「好きにさせとけば、いいって」と、控えめに口も挟んだ。

しかし、その物言いはどこか長女の癇に障るものがあった。自分としては正しいことを言っているとしか思えないというのに、この無理して水を飲もうとする愚かな母親と同じ次元の人間として姉を扱うような、四つ下の妹の態度。長女が思わず口を開きかけ

た、次の刹那、

「……持ち込めんか聞いてみるわ」

自分よりも姉妹間での対立を畏《おそ》れてなのか、あれほど頑固だった母親が折衷案をすかさず出した。父親に対しては強気で気丈な母親だというのに、長女と次女のあいだにおいてのみ忽《たちま》ち、折衷主義の人、となるのだった。しかも不遇なことにその大半が、さほどよい折衷ではなかった。然《しか》してこの時も、また。

「テロリストやと思われるぞ、おかん」

栓抜きのような器具を持ってボディチェックを行っている係員に話しかけに行こうとしている母親を、長女は制した。今度は落ち着いて、窘《たしな》めるように。母親は振り返って、長女と、それから次女の顔色を窺った。次女も物申した。

「テロリストやと思われると思うよ」

母親はペットボトルを、回収箱の中に捨てた。

ボディチェックと出国審査を無事通過し、長い動く歩道でさきほど流されていった荷物のように自分たちも粛々と運ばれ、三人は集合時間までの十五分間を個別に過ごした。

母親はみんなのバッグを見ておく、と腹をおさえてゲート近くのベンチに陣取って動こうとしなかった。長女は「今、買わんなんと帰りは免税店もう入れんから」とどこかから得た情報なのか、化粧品売り場へと走り、次女は買っても荷物になるからと同じ店内をうろつくだけに留めた。長女が中腰になってマニキュアの色を懸命に選んでいる最中、次女がその後ろを偶然通りかかった。姉妹はお互いの様子を窺いつつも「あ」「お」と最短の挨拶を交わすだけであった。別のコーナーで再び出くわした時も、やはり「よ」と「ほ」の音が発されるだけであった。

三たび、出くわすことはなかった。次女が別の店へと移動したからである。

その間に、長女は「しまったー。百キンで買うの忘れた！」と『咄嗟のヒトコト英会話』を母親に買ってくれとベンチまで戻ってせがんだ。母親は財布から千円札を一枚抜き出しながら、「あんた、これ自分で買ったことにしなさいよ」と辺りに次女の姿がないかを確認し、耳打ちした。

三枚のもぎられたチケットには座席がそれぞれC、D、E、と記されていた。真ん中四席のうち、三つの連番である。たまたま二人の間のDであった母親が、機内の荷物入れに背伸びをし苦心してバッグを押し込んだあと、気を遣い「替わろうか？」と次女に問いかけた。次女は「いい」と小声で短く答え、F席の見知らぬ太った男と三時間半も隣り合わねばならないにも拘わらず、さっさとE席に腰をおろした。長女も長女で「通路側がいいし」と母親を自分と妹との間にさりげなく座らせた。母親は「この子たちはもしかして仲が悪いのかしら？」と心配になったが、実は、一概にそうとも言い切れたものでもない。

几帳面な次女は毎年、家族全員に誕生日プレゼントを送り続けていたし、長女は長女で母親から電話などで促されて、適当に「ハッピーバースデー」というメールを次女へ送ったりもしていた。上京して一年目、長女が「なんか欲しいもんあるか？」と訊くと、「東京のウェスタンブーツが欲しい」と次女が言うので、店員の目を気にしながらこっそり写メールで撮って送って「これはどうや？」と確認し、プレゼントをしたりもしている。なぜ東京にウェスタンを求めるのかなんてことは、二人ともまったく疑問にも思わなかった。

都会は田舎にない品物で溢れかえっている。長女はそのことをまるで誇示するかのように、何種類ものブーツの写メールを送りたおした。次女に東京への憧れを持たせようとするかのように。自分が田舎を捨ててまで出てきた場所がどんなにいいかを知らしめるかのように。かわいいブーツ。郷里には決して売っていない、圧倒的に絶対的におしゃれなブーツ。店員に怪しまれないよう、時に長女は自ら履き心地を試したりもした。幸い、姉妹の足のサイズはまったく同じだったので「これは痛い」だの「かかとが高すぎて安定感がない」だのと、メールに一言付け加えることもできた。

結局、次女はたくさんの候補の中から編み上げのミリタリーブーツを選んだ。もはやウェスタンは関係なくなっていた。もし今グアムではなく、アイスランドへ行くのであれば、長女がプレゼントしたそのブーツを彼女は確実に履いてきたことだろう。次女はそういう、やたらと恩義を重んじる人、なのである。

飛行機が離陸する際にかかる負荷によって奥歯にムズ痒さを覚えながら、サンダルを脱いだ次女はF席の太った男越しに、はめごろされた矮小な窓からの景色を眺めていた。ムズムズする。親知らずを抜いた穴の抜糸も昨日済ませ、奥歯は本当の意味で一番「奥の歯」になっている。そもそもそれが口内の正常な状態であるはずだというのに、何か物足りない。心もとない。左の親知らず上下二本がまだ残っているからだろうか。

グアムのことが詳細に書かれたガイドブックを広げ、この二泊三日の予定をさっそく立てようとしている母親と姉の雑談を聞きながら、次女はさきほどしおりを挟んでおいた読みかけの文庫のページを開いた。文庫は復刻されたばかりの往年の名作だった。窓の外には青空が広がっているはずだったが、男がへばりついたまま離れようとしないのでさっさと諦めた。ポオン、と間の抜けた音でシートベルト着用のサインが消え、それではっと我にでもかえったかのように母親が、

「お前、本なんか読むんやったっけ？」と話しかけてきた。姉とばかり話していてはよくない、とでも思ったのだろう。ガイドブックを移動させながら「あんたは何がしたい？」と機嫌を窺うかのように希望を尋ねてきた。

次女は「なんでも」と答え、そのあと、ちらっとその観光スポット特集を一瞥してから「この、アドベンチャー・リバー・クルーズっていうやつ」と興味なげに指さした。

「お姉ちゃん、チビ助がアドベンチャークルーズやって」

母親が長女のほうへ細かく体の向きを戻して、次女の指差した箇所にそのまま自分の研磨された爪を乗せた。すると、すかさず長女が、

「駄目や。見てみ。四時間かかるって書いてあるやん。こんなんずーっとただ船に乗っとるだけやぞ。飽きるわい絶対」と反対した。

「四時間やって。飽きるって。他は？　他に行きたいとこないん？」

「だから別になんでもいいって。……この、ディナーショー・オン・アイスってやつ」

「お姉ちゃん、チビがアイスオンショーやって」

「これ、スケートしとるところ観て、ご飯食べるんやろ？　思いっきり室内やん。グアムの意味ないやん」

「グアムの意味ないって」

母親は風見鶏のようにちょこまかと向きを変えて、うまい落ち着きどころをなんとか見つけようとしている。

「……じゃあこの水中歩行」

「200ドルやんか。一人二万円って高くない？　海の中、歩くだけなんやぞ。お前、本当にそんなことしたいか」

「高いって」

「……」

次女はもう、何も喋らないことにした。ため息を吐《つ》いて文庫に目を戻した。空気の悪さに母親がハラハラしているのが分かった。唐突に「お母さんもアドベンチャークルーズ、観たい！」と言い出した。「いいやろ、お姉ちゃん。アドベンチャークルーズ」

「そんなにアドベンチャーじゃないぞ、絶対」

「大丈夫やな、チビ助」

「もういい、なんでも」

次女のその態度がまたしても癇に障ったらしい長女は「じゃあアドベンチャークルーズにしようや」と、今度は強い口調で主張し始めた。

「二日目の昼ね。アドベンチャークルーズ、四時間半」

いつのまにか三十分足されて、日程表にボールペンで乱雑に書き込んでいく。グラフにされた自由時間を埋め尽くすように引かれゆく斜線に、三人全員が「長」と内心思った。そして次女は相変わらずの姉の身勝手ぶりに、ああ、そうだ、この人はいつもこうやって自分が正しいことを何がなんでも分からせたい人だったのだと思い出して、また少し、辟易《へきえき》した。母親がまだこちらに何か窺うような素振りを見せたので、次女は「親知らず痛いから、あんまり喋りたくないんげん」と黙らせた。

やがて前方の通路、それぞれからワゴンを押した金髪のキャビンアテンダント二人の姿が見えた。

ビーフオワチキンの時間がやって来たのだった。

家族は一斉に、緊張に、身を強ばらせた。

10

「オレンジジュース」「オレンジジュース」とあれだけはっきりと連呼していたのに、通路を挟んだ長女の隣の男が渡されたのは、真っ赤なトマトジュースだった。何がどうなって？　母親が隣で目を白黒させた姿が、確かめずとも手にとるように伝わる。

しかし、人の心配をしている余裕は、長女にもなかった。今のはたぶん「オランジィ・ジャゥス、プリーズ」と発音せねばならなかったに違いない。あいつは——まったく知らない茶髪の若者だが、みみっちい羞恥心によって重大なミスを犯した。直前になって照れてしまい、キャビンアテンダントとの英会話におそらく迷いが生じたのだ。「オランジィ・ジャゥス」と言わなかったばかりにトメィトォ・ジャゥスが目の前に来てしまった。

長女は拳を握りしめて若者の動向を見守ったが、彼はその視線を意識しながら、結局「そうだ。俺はこれが飲みたかったのだ」という顔で喉越しの重そうな液体を、どろり、と飲み込んだ。

自分は決してああなってはいけない。

長女には、長女として長女らしいところを家族に見せたい、という目論みがあった。母親も妹もこの海外旅行が人生はじめての日本からの出国である。二人とも外国人を見た途端に、おどおどとして田舎者丸出しの北陸くささが否応なく滲み出てしまっている。連れとして恥ずかしい。と赤面しそうになる彼女自身にとってもまた、これが初めての海外旅行だった。

長女は全神経を研ぎすませて、トマトジュース男の隣の席、窓際のビジネスマンに話しかけているキャビンアテンダントの言葉に耳を傾けた。彼が終われば、次はもう自分の番だ。ビジネスマンは多少英会話に慣れているらしく、「ワッツカインドオブ……」とメニューの内容を尋ねている。よかった、これで聞き取れる、と長女はこっそり安堵した。湧き出るこの使命感は、脇で「え、どっちがなんなの？　なんの料理なの？」とうろたえている母親に詳細を教えてやることでしか満たされない類いのものだ。耳に、持てる力すべてを注ぎ込む。

無愛想なキャビンアテンダントがビジネスマンに応じた。「ビーフ、イズ、なんとか」

「アンド」「チッキンイズ、なんとか」と。

長女は項垂《うなだ》れた。

何も聞き取れなかった。

日本では絶対にあり得ないような教育の行き届いていないガサツなキャビンアテンダントは「ビーフ」と言った男の前にアルミのトレーを置いて、クァーフィーを紙コップに注ぎ、大儀そうに長女のほうを振り返った。

「ビーファァーチッキン？」

もうビーファーとしか聞こえない。どうせお前ら分からないだろうと高をくくり、本当にビーファーと言っているとしか思えない。

「チ、チ、チ……」声が掠れて、出なかった。

その時である。

隣で怯えていたはずの母親がなぜか突如黄色い光に包まれ、明るく浮かび上がる、という超常現象とでも言うべき事態が起こったのだ。

「おかん？」

母親は目を丸く丸くして、なぜ自分が光り輝いてしまったのか分からない、という激しい混乱の表情を長女に向けていた。長女も一瞬のことで何があったのか理解できず、まったく同じ表情を母親に返すことしかできなかった。母親はいつかどこかで見た屏風に描かれた菩薩さまのように神々しかった。

「……読書灯」

次女がぼそりと低い声で呟いた。「肘、当たっとる。読書灯のスイッチんとこに」

あ、と母親が慌てて肘を動かし、知らぬうちに触れてしまっていたらしいスイッチをやたらめったら押し始めた。しかし、それはパニックの中、繰り出されたまったくの勘だったため、関係ない音楽チャンネルや映像チャンネルや音量など、さまざまなスイッチを押した末の、ようやくの消灯となった。母親は菩薩から呆気なく一般の主婦に戻った。

冷めた眼差しのキャビンアテンダントに「チキン?」と聞き返されて、長女はほとんど無の心で「イエス」と頷いた。別々のものを頼めばいいのに、母親も「チキン」と早口で割り込み、アルミ板のような容器の蓋を捲ると、どうやら「オヤコドン」と主張したいらしき飯と、卵と、チキンの混ざったものが用意されていた。「ビーフ」と頼んだ次女の機内食は、もはや料理名すらなんだか判別できない。

11

グアムは、
グアムは生憎《あいにく》の雨だった。

空を見上げてそう思い、長女はなぜ雨にはついつい「生憎」という言葉を付けてしまうのだろうか、と考えて、「生憎の、台風」と呟いてみた。半開きで上に向けていた口に、ぽつり、と一粒の水滴が当たった。

雨と呼ぶにはまだ早い。台風の直前のような生温い風が、パンフレットの碧空《あおぞら》の写真とはおよそ似ても似つかないみすぼらしいネズミ色の雲を、早送りされた映像のようにぐるぐると掻き回していた。歓迎してくれるはずのヤシの木が、まるで自殺者の縄掛けでも待っているかのように、不気味にしなっていた。

30℃以上ある、と聞いていた気温は17℃しかなかった。

空港のロビーらしきところでアロハシャツを着たツアー添乗員がカタカナのような発

音で家族の名を点呼し、走り込んで来た母親は「はい。はい。イエース」と叫んで、「あんたが……！」と息切れしながら背後の長女にしかめっ面を向けた。長女も膝に手を置いて、「だって空港の人が話しかけてきたんやもん！　っていうか、おかんらも見とったんやから大丈夫と思うやろ、普通！」と乱れた呼吸を整えた。

三人は荷物を受け取りコンベアで今か今かと待ち受けていたにも拘わらず、見逃してしまった長女のキャリーバッグをさらに一周待ったがため、生まれてはじめて国外の地に降り立った……という実感もなく、全力疾走を強いられてしまったのである。

「サイトシーイング！」と今度こそ、母親は入国審査のカウンターでパスポートの写真と自分の顔を見比べる白人男性に向かって唾を飛ばした。

「ウィーアーファミリー、スリー！」

ツアー客は全員が同じ飛行機に乗っていたはずなのだが、一体どんな人が何人ほどいるのか、などの答えはこうやって集まってみるまで皆目見当つかなかった。家族連れやカップル、友達同士……思ったより少ない、というのが次女の感想だったが、空港の前に停められていたバスに案内されて、その実感はますます増した。空席だらけだ。自分たちを入れて、十五人にも満たない。その客全員が濡れる窓の外を「納得いかぬ」とでも言いたげな表情で見つめている。

　全員が乗ったことを確認したピンクのアロハシャツのツアーガイドが、運転手に「ゴー」とバスを発進させ、握りしめたマイクで説明をし始めた。

「えー。皆様。グアムへようこそ……と言いたいところですが、見ての通りね、こんな天気で。さっき調べたんですけど、台風が直撃するかも、だそうです。ちょうどね、皆様が二泊三日いる間、かな？　こんな天気はそんなにないんですけどねー。グアムはほんとは年中、夏だから。あ、あそこの海沿いなんかキラキラしてすっごい眺めがよくて。いっつもは皆さん、慌てて今頃、携帯カメラで撮影会始めるんですけど。だーれも始めませんねえ、今日はさすがに。くすんじゃってますしね。ニホンカイみたいですか？　私、知らないんですけど、ニホンカイ」

　日系人と思われる、黒髪に黒肌のツアーガイドがあまりに流暢な日本語で一気にまくしたてるため、家族は確かに彼女の指差す方向にオーシャンブルーではなく、荒れる北の海でも見てるかのような気分になった。さらに今乗っているバスや、広めの道路を走っている車は大体が日本で乗り古された廃車同然のものを買い取っているらしく、まるで海外に来た気がしない。せめていかにも外国らしいバスであれば、もう少し心躍ったかもしれないのに――次女は青紫地に細かい雷のような模様を施された、関西〜北陸間の夜行バスでもおなじみの、あの、座席シートの布地に爪を立てながら思った。

窓際の席に迷うことなく陣取っていた長女が、がさごそとパンフレットを開いている。印を付けていた箇所を確認していき「うわあ、全部雨天中止やん」と苦々しげに呟いた。

「アドベンチャークルーズも無理や」。それには三人が内心ほっとした。

「ノリコ・カマチョです」と名乗ったガイドの案内はこの悪天候を忘れさせようとでもするかのように、バスのドライブとともに快調に、まだまだ続く。

「でもねー。皆さん、安心してくださーい。皆さんのだーい好きなショッピングモールはもう、どんな台風が来ても、全然、全然大丈夫ですから。グッチでもシャネルでも好きなだけ買って下さーい。でもああいうね、ぼろっちい建物は壊れちゃうかもしれないから近づかないほうがいいかもねー」

ノリコはブラックなジョークも得意らしい。閉店しているのではないかと思われる、ヒトケのなさすぎるピザ屋に皆の注目を向けさせ、白い歯を見せた。

グアムの道路沿いには、どうやって商売として成り立っているのか想像もつかないような荒涼とした店がゴーストタウンのように軒を連ねていた。すべて一階建てである点、駐車場を虚しく持て余している点が、かろうじて外国っぽいと言えば外国っぽいが、きっと一時期は日本から観光客が大枚をはたいて押し寄せ、あっという間に不景気で人気がなくなり、経営の立ち行かなくなったのだろうさまが歴史の教科書でも読んでいるかのようにありありと想像できた。

海沿いのホテルはどれもこれもが潮風で茶色く変色し、白壁を貧乏たらしく剝落《はくらく》させている。なぜ白！　なぜ他のホテルから失敗を学び、白色を避けなかった！　そう長女がパンフレットを思わず丸めて握りしめてしまうのもしょうがないほどに、リゾート地はむごたらしく廃《すた》れていた。天候もますます荒れ出し、今やスカートを穿いた歩道の女性の尻くらいなら観光客にサービスさせられるほど、いたずらな風が吹いている。ノリコの、外国人らしいジョークを交えた絶好調なマイクトークだけが「ここはグアムだ」と乗車客の心を納得させる唯一の材料に変わりつつあった。

「まあねー、でも三日目はもしかしたら晴れるかもしれないって言ってたから、祈りましょう。大丈夫。大丈夫。皆さんの日頃の行いが良ければ、パーっとね、晴れますから。その代わり、悪かったら晴れませんけど。あ、どうしたの。今、奥さんから目そらしたでしょ、旦那さーん」

三分の一足らずしか埋まっていないバスの車内で、そこそこに笑いが起きた。中高年に人気の漫談家の公演にでも来たかのような空気が満ちていた。

家族は到着したホテル前でブルーのアロハの運転手にスーツケースを引き渡された。フロントではなく、薄暗い地下のツアーデスクで鍵を渡されもろもろの説明をこれまたこなれた日本語でされ、七階の部屋に自力で辿り着くと、そこにはキングサイズのダブルベッドと、テレビ脇に簡易のエキストラベッドが設置されていた。部屋は狭くはないが、海側ではなかった。ベランダには白いプラスチックの椅子が一脚あり、さきほど自分たちが降ろされたホテルの入り口が見下ろせた。

「オーシャンビュールームは高かったからこっちにした」と母親は誰にも聞かれてないのに弁解して、さっそくクロゼットから紙のように薄いスリッパを見つけ出し、履いた。次女はベランダに出て、椅子の下から見つけたアルミの灰皿を片手に喫煙タイムに入った。長女はバスルームをのぞき、トイレがそれほど汚くないことを確かめてから、化粧鏡前でぐしゃぐしゃになっていた髪の毛を手グシで整えた。

「あんたら、そっちで寝まっしね」

母親が好意なのか、好意に見せた押し付けがましさなのか、さっさとエキストラベッドに腰を降ろしてしまったため長女は一瞬躊躇《ためら》った。ベランダに目をやると、灰皿に煙草を押し付けながら次女が「なんで。おかんが広いほう寝ればいいがいね」と口から白い煙を吐いている。意識してないことを強調しようと、長女は素知らぬ顔でダブルベッドの端にバッグを置いた。

「いい、いい。母さんこっちで」

もう立つのめんどくさい、となんともめちゃくちゃな理由で母親は頑なに断った。次女もそれ以上言えば妙な意味が出てしまうことを感じ取り、「だってそっち固いやん」と呟きながら、姉の空けたベッドの端に回り込んで煙草ケースとライターを放り投げた。シーツは白かったが、ホテルの壁と違って薄汚れてはおらず、とりあえず糊はパリッときいている。長女が窓に近いという理由だけで選んだのは、偶然にも姉妹がずっと二人で使用していたダブルベッドと同じ左側だった。

「マメがイタい」と長女は右側に背中を向けたまま、足の小指の先をいじっていたが、スプリングが微妙にたわんだことから妹も同じように腰を降ろしたのだと知れた。

ブツッ、という音をさせて厚みのあるテレビに電源が入った。母親が早々にリモコンで各放送局をチェックしているのだった。エキストラベッドのほぼ真横、同じ面の壁際にテレビが設置されていたせいで、受信がなかなか難しい角度らしく、母親は手首のスナップを細かくきかせてリモコンをちょこまかと操っている。絶対に立ち上がって直《ちょく》に操作したほうが早い――と、合理主義の人、である長女は思った。すべてのチャンネルを替え終わったあと、母親は「全部、英語」と苛ついた様子でリモコンを手放した。次女は、この人は外国語といえば英語しかないと思い込んでいるらしい、と少し哀しい気持ちになった。いくつかの番組はどう聞いても英語ではない言葉で話されていたのである。

「これしか、分からん」

母親が諦めるように付けっぱなしにしたのは、おそらくグアムと思われる島の図がずっと静止画像で映し出されている放送局だった。下には日付と気温と雲と傘のマークがずらっと並んでいる。「台風接近中」と、なぜか上の端には日本語で表記してあった。

「あー」

誰ともなく沈鬱な声が漏れると勝手に画面が切り替わり、馴染み深い日本列島の図が現れた。

「すごいね。日本の天気予報もやっとるんやわ」母親が独白のように報告し、北陸地方に目をやった。雪ダルマのマークがニコニコと楽しげに笑っていた。

　その頃、父親の残った北陸は気象観測史上、三月最大の大雪に見舞われていた。

12

「おう。お母さんか。どうやいねー。そっちの様子は」

「どうもこうもない。ずーっと雨やわ」

「雨かー。最悪やなあ。わし、行かんでよかった」

「昨日まではずっと晴れとったんやと。雨なんか全然降らんかったんに、ってガイドの人に言われたわ」

「おうおう。ほんでもあんた、こっちよりマシや、マシ。大雪やぞ。屋根まで積もって、可哀想に、年寄りみーんな雪掻きできんで、家、潰れとるぞ」

「あんた、ちゃんとしとるんか、雪掻き」

「したした。あんたの車庫の上までしてあげました。感謝して下さい」

「はいはい」

「雪掻きの代金、あとでたっぷり頂きますから」

「払うわけないやろ。そんなん」

「なんで。わし、あんたたちにケツの毛まで毟《むし》り取られたんやぞ。わしはもう乞食じゃ、乞食」

「待って。今、子供らにかわるわ」

「おう」

「おとんか」

「おう、妹さんか。元気かいね。なんやらグアムは、台風らしいですな」

「そっちは雪ねんろ？」

「そうや。雪や。お父さんはおもち抱きしめて震えとるよ」

「うさぎ、おるん？」

「おるよ」と父親は応えた。そして声色をかえて「おもちですー。ケツの毛まで毟られて寒いですー」と言った。

「なんじゃ、ケツの毛って」

部屋に戻って日本製の発泡酒を飲んでいた母親が、ベランダの網戸の向こうから「いいよ、聞かんで。お父さん、気に入ってこないだからそればっかり使いたがるんやって。もう百回くらい言っとるわ」と缶から口を放した。携帯を耳につけたまま振り返った次女は、いくらなんでも眉をしかめ過ぎだろう、とメイクを落とした母親の嫌がる表情を観察した。

「そうです。わしのマイブーム言葉です」と、こちらの会話を聞き取ったらしい父親が受話器の向こうで言った。「ちなみに、ワーキングプア、も最近のお気に入りです。我が家のワーキングプアは、ちゃんとあんたらの面倒、見とりますかいね」

父親の口調に邪気はなかった。

「……お姉ちゃんのこと？」

これも聞こえているのでは、と心配になって、次女はスルメイカを食べ出した母から視線を左へ移動させた。ダブルベッドの上で姉は、今日の夕方に訪れた、グアムの中心部にある大型免税ショッピングモールで買ったマニキュアをさっそく足に塗って試している。鮮やかな明るいイエローグリーン。いくら海外旅行とはいえ、普段から透明などで控えめにツヤを出している程度の次女には、その「黄緑かわいい！」という発想がよく理解できない。「お母さん、駄目。その色怖いわー」と同じように趣味じゃないことを伝えた母親に、長女は「今年の流行は黄緑ねんて！　東京のことなんも分かってないなあ！　センスないなあ！」と言い張って購入した。成田空港でも確かマニキュアの五色セットを買っていたはずだった。

「おお、そうや。わしただでグアム行かせてやる代わりに、あんたらの面倒、ちゃんと見ろやってしっかり約束させたんや。守らんがならお金払ってもらわんなんぞ。どうや？　ちゃんとやっとるか、ワーキングプアさんは」

「うん」

次女は、仕方なしに嘘を吐《つ》いた。

父親が何を食べたのだ、と訊くので、次女は、「ハンバーグ」と応えた。おいしかったか、という問いには「まあまあ」。これも真実ではなかった。一人、服の趣味が違うから別行動しようと長女が言い出して、そこまでは良かったのだが、待ち合わせの時間になっても彼女はいつまでも現れなかった。至れり尽くせりのツアー特典として、海外でも使える携帯電話が無料で借りられることが分かり、次女が空港で手続きしていたものの一台しかレンタルしていなかったので連絡の取りようもない。しかもその一台を取り上げるようにして持っていったのは他ならぬ長女である。

どうせただねんから三台借りとけばよかったね、などと母親が言い、でも彼氏に電話するために借りてんもん、と次女がまるで自分の落ち度だと責められているように感じて憮然とし、立ったままの二人はガイドブックを広げ、どの店で夕飯を食べるのがいいか額をつきあわせるように相談していると、三十分も遅れてようやく姉がやって来た。謝るどころか「フィッティングしたら、店員がめっちゃくちゃ買わせようとしてきて。いらんって言っとるがに安くする安くするって店長まで出てきて。いらんって言っとるがに！　英語やぞ。何言うとるかも分からんし、最終的に、買わんかったら舌打ちされた！　あんだけにこにこしとったくせになんじゃ、あいつら！」。

怒り心頭の姉は一つだけ紙袋をぶらさげていた。日本でも買えるビルケンシュトックのサンダルだった。「履いてきた靴、マメんとこ痛いんやって」と長女は言って「ご飯食べよう！　ご飯！」とすっかり日の落ちてしまったショッピングセンターの中央広場をきょろきょろと見渡した。「どこにするー？　おいしいとこにしようや、せっかくやから」

「ここでいいよ」

ぐったりと、憔悴しきった母親はもうガイドブックを持っている気力もないらしく、カゴのバッグを地面すれすれ、重力にほとんど従わせるようにしながら、真後ろの飲食店を提案した。日本とはイメージカラーの彩色が違えど、そこはどう見ても、

「マクドナルド！」長女は絶叫した。

「お母さん、もう一歩も歩きたくないもん。お母さん、もうお腹ぺこぺこ。なんでもいい、食べれれば」

母親のサンダルこそ足にあっていないらしく、もう立っているのも辛い、と彼女は嘆いた。昼間より元気になってきたらしい夜行性の長女は「せっかくグアム来たんに、ありえんやろ」と袋を振り回して反論した。「パンフレットに載っとったアクアレストラン行こうや。バスで！」

「……お姉ちゃんが待たせるからやろ」

次女がまたしても長女の身勝手に目をつぶることができなくなり、母親を庇《かば》った。

「ちゃんと時間通り、来ればよかったんじゃないん？」

「でもマクドナルドはさすがにない」

「分かった。じゃあお母さん、歩く。アクアレストラン、行く」

「おかん、無理せんでいいって。足、痛いんやろ？」

「大丈夫。私は大丈夫やから、ケンカせんといて」

「そうや！　おかん、これ履けばいいんじゃねえけ？」

長女は目を輝かせて、袋からビルケンのサンダルをガサゴソ取り出し、「ね。ね。これ歩きやすいから、交換すればいいんやって！」と言いながら自分の素足に、その新品のビルケンを履いた。

「はい。おかん。これ、履かんか。こっちのほうが絶対歩きやすいから。同じやろ、足のサイズ」と、たった今脱いだサンダルを母親へと足で突いて寄越した。次女にはどう見ても、買ったばかりのサンダルを今履きたいという欲望を姉が満たした風にしか思えなかった。しかもそれを彼女は、まるで優しさであるかのように思い込んでいる。

事なかれ、と思った母親は「ありがと」と礼を述べて、次女の肩を借りながらまだ長女の体温がかすかに残るサンダルに足を入れた。確かに自分のサンダルよりは、全体の底が厚くなっているウェッジソウルのほうが歩きやすかろう、とは思えた。

意のままに親を動かすことに成功した長女は満足げに頷き、「ガイドブック貸して」と言った。母親が従者のように彼女の手の上へ本を置くと、アクアレストランのページを広げて「あ！　結構遠い！　やめよう！」と長女は即決した。

結局母親の出した折衷案で、ショッピングセンター街の端にあるフードコートまで500メートルほど歩き、家族はさして心引かれる店に出会うこともないまま、妥協でアメリカン風のハンバーグ屋に入ったのだった。ハンバーグ屋のハンバーグは大味すぎて「雑」と一口食べた全員が顔をしかめた。これならマクドナルドのほうが……という言葉はさすがに誰も口にしなかった。酸っぱすぎるドレッシングのかかったパサパサのサラダも、あまり手をつけなかった。母親の頼んだカシスソーダは水のように薄く、長女のコーラは炭酸が抜けており、次女の水は臭かった。

伝票には店員へのチップが、テンパーも加算されていた。


「我が家のワーキングプアにも代わって下さい」

と父親が言うので、次女は「この電話、一分百円するんやからね」と注意して「お姉ちゃん」と網戸を開けた。

爪という爪すべてを昆虫のように黄緑に塗りたくった長女は、ラジオ体操のようにぶらぶらと手首を振ったあと「ん」とベッドに座ったまま携帯を受け取った。

「なんじゃい、おっさん」

　彼女の開口一番はそれだった。

「おっさんとは失礼やな。あんた。お父様と呼びなさい、お父様と」

　父親はこの長女との毎度のやりとりを実に愉快な通過儀礼であるかのように終えて、

「ちゃんと面倒みとるんかいね、みんなの」と問うた。

「みとる」

「嘘じゃねえやろうなあ。あんた、わしのこと、騙してねえけ」

「みとるってちゃんと」

　冷蔵庫から二本目の発泡酒を取り出した母親の背中に走らせた長女の視線から、この人はきっと自分のサンダルを交換したあのことを言っているのだろうな、と次女は察した。ベランダのガラス戸を閉めようか閉めまいか一瞬迷って、次女はそのまま煙草ケースを手にし、外で一服することにした。プラスチックの椅子に座ってみると、昼間よりは突風の凪いだ星空がよく見えた。ホテルに戻った途端、吹き荒れていた台風が弱まるとは皮肉なことだ。しかしむわっとした夜の外気が、冷房のきいたホテルの部屋からの冷気と交わって、ベランダは心地よかった。さすが廃れてもグアム、同じ島国でも日本とは違い、ムシムシとうだるような熱帯夜ではない。

もう少し夜空をきれいに見渡したくて、次女は椅子から腰を浮かしてふんぞり返ってみたが、プラスチックの背もたれが後頭部に固く当たったので、すぐに普通の体勢に戻った。

さっきまでは異国の夜の匂いが、確かに鼻奥にまで入り込んできていたのに、今はもう煙草の煙で分からなくなってしまっている。次女はその柔らか、とも、甘ったるく、とも言いがたい空気を不思議とどこか落ち着くと感じていたが、母親は「外人の脇の臭いみたいで嫌」と空港に着くなり一蹴していた。「そう言われると、もう腋臭《わきしゅう》としか思えんがいね！」と長女はデリカシーのなさを批判していた。

「明日は何をするんですか」とでも父親が尋ねたのだろう。長女がマニキュアがよれないように手を注意深くかぎ爪のような形にしたまま「市内観光」と面倒くさそうに応じている。

「晴れるといいですね」

「知らん」

「お土産、頼みますよ。いいのん買うてきて下さいね」

「おお。じゃあなんかドングリみたいの拾っといてやるわ」

「ドングリなんかいらん！　わしゃリスじゃねえぞ！」

「なんで。いいやろ、別に。ドングリで」

「ドングリなんか何に使えばいいんや」

「知らん。なんかに入れとけばいいやろ」

「入れるもんなんかねえ」

「鼻に、葬式んときに詰めてやる」

「わし、鼻の穴にドングリ突っ込まれて死ぬんか！　ドングリでわしのこと殺す気か」

「違う。入れるやろ、死んだ時、死体の鼻に綿。あれをドングリにしてやるって言うとんがじゃ」

「ひっどい人やねえ。親に向かって、なんてひどいこと言うんじゃ、この人は」

海をはるばる越えて嬉しい悲鳴をあげた父親への鬱陶しさがそろそろ限界を越えたらしく、長女は「おかん」と首を傾げて挟んでいた携帯を耳から離した。

「ほんじゃあ、高いし、切るわ」と母親も素っ気なく言った。「明日もまた電話するし」

「仲良くね」

父親は名残り惜しそうだった。

「三人、仲良くね」

13

この家の女系は曾祖母、祖母、母、長女……と代々まつわってフミンに悩まされる由緒正しき血筋らしい。そんじょそこらの現代人の病気なんかと一緒にしてくれるな、自慢じゃないけどおかんには特に悩みなんかないんやぞ、と言いながら、母親は日本から持ってきた入眠剤を長女と一緒に飲んで、一時間後にぐーすか寝だした。長女もしばらくはベッドサイドのスタンドを付けて『咄嗟のヒトコト英会話』をぶつぶつと読み込んでいたが、いつのまにか手をだらんと脇にはみ出させて、死んでいた。確かに今日はいろんなことがありすぎて肉体的にも精神的にもみな疲れ果てたのだ。

次女はベランダで、今度はぴっちりと窓ガラスを閉めた状態であることを再三確認し、大阪の恋人に携帯をかけた。時差はわずか一時間である。だから向こうは今はまだ夜の十二時前だろうと呼び出し音を聞いていると、恋人がやけに怖々《こわごわ》と「……もしもし？」と電話口に出た。周囲は雑音に溢れかえっていて、どうせまた飲み会かコンパだろうな、と次女は見当をつけた。

家族を起こさぬように口に手を当て、「もしもし」と潜めた声を出すと、恋人があからさまにほっとした様子で「なんやお前か」と言って「超長い番号出とったから、怖かったで〜」。

「かけるって言っとったんやから分かるやろ」

「分かっとったけど、なんや詐欺みたいな電話が知らん女から最近よぉかかってくるねんって先輩が言うとったから。っていうか海外からって011で始まるんやんな。はじめて知ったわー」

もともとテンションの高い恋人が酒を飲んでおり、自分は素面《しらふ》でこうして家族の目を盗むように気を付けているのに、まともな会話など成立するはずもない。

「大阪は雨？」

なんだか歌謡曲のタイトルみたいだ、と思いながら次女はさっきテレビで見た傘マークの話をした。恋人は、ひょーい、とたぶん肯定の意を現すのだろう奇声を発した。秋吉。彼がいるのはきっと焼き鳥の秋吉だ。なんとなく、そんな気がする。次女は夜もいよいよ深まった空を改めて観測した。また格別にきれいである。これだけくっきりと瞬《またた》く星々を拝めるのだから、明日こそは晴れるだろう、そんな期待が高まる。

「あのさ、歯がむずむずするげん」

「親知らず？」

「うん」

「薬持っていったんやんなぁ？」

「うん。飲んどるけど」

「ほんなら大丈夫やろ」

「でもあんま、ほら、効かん体質やから」

「あほか。ほんなもんお前のただの思い込みやって」

「思い込みちゃうわ」

散々故郷の方言を発した口から、こうしてエセ大阪弁が咄嗟に出てしまうというのも不思議な感覚がする。

「……あと、あとな、なんか私、今からおねえとダブルベッドに寝《ね》んなんみたいなんやけど」

「姉妹でか」

「姉妹でや。キングサイズやからまだ良かったけど。けどな、女二人でダブルベッドってなんか、な」

なんだろう、この人と会話するために空港で携帯までレンタルしたのに、おねえとおかんが寝るのをずっと待ってたのに、もう話すことがないな、なんでだろう、と次女は感じつつ「じゃあ。まあ」と会話を終わらせるニュアンスで、言葉を歯切れ悪く切った。恋人も「ほんなら、まあ」と返した。無言、と呼べるのかどうかさえ微妙な、短い時間が流れて、通話終了ボタンを押したのは結局向こうが先だった。切ってから外人の腋臭の話をしたかったことを思い出して、掛け直そうかとも思ったけどなんとなくやめておいた。

調子が悪いのは、歯のせいだ。

でもそうだとしたら、こんな少しの痛みごときで、自分がようやく長い時間をかけて形成させたと思っていた人格が揺らいでしまっているとは何事だろう。私が姉を反面教師にして培《つちか》ってきた人間性がヤワなはずなどないのに。まさかこんなにも呆気なく、人生を賭けて「得た」と思っていたものが崩壊するのか。

次女はガラス戸をなるべく音がしないように開けて、電気の消された部屋に忍び込んだ。本当はもうしばらく悩み続けていたかったが、母親か姉、どちらかの「いかんともしがたい」という寝言がさきほどからこまめにずっとうるさくて集中できなかった。家族のそばでは、うっかりシリアスにもなれない。

携帯を音がならないように設定するのを忘れていたことを思い出して慎重に操作して、次女は寝息を立てる長女を起こさぬよう布団をそっと捲り、体をシーツの間に滑り込ませた。

明日は絶対、感情的にならないようにしよう。

この人たちに、自分のペースを乱されたくない。

この、自己顕示欲の塊たちに。

スプリングが思った以上に軋《きし》んで、一瞬どきっとしたが、広いベッドのやたら端っこで背中を向けている自己正当化の塊が起きた様子はなかった。薬が効いているのだな、と次女は安堵し、ほら、自分だけはフミンでもなんでもない、違う種類の人間だ、と己に言い聞かせた。母は狭くて固そうなエキストラベッドで枕を向こう側にして、よほど疲れたのだろう、いびきをかいている。あれがもしいつのまにか全然知らない人になってたら、あ、怖い、という想像がなぜか次女の頭をよぎった。ベッドは固く、枕は嗅いだことのない異郷の洗剤の匂いがした。

14

翌日はもう生憎なんて言葉では済ませられないほど、畜生な雨だった。

母親に起こされてしばらくぼうっと惚《ほう》けたのち、スプリングで跳ね飛ばされたかのように窓際まで駆け寄った長女は、その空模様を見て実際に「畜生！」と叫んだほどである。ジェットスキーも、パラセイリングも、スキューバダイビングも、オーシャンカヤックも、最初からするつもりなどなかったがゴルフも、こんな悪天候では何も楽しめるはずがない。ショッピングはもう昨日、粗方済ませてしまっている。

「どしゃ降りですね〜」

昨日と同じピンクのアロハを着たノリコは市内観光バスツアーに参加した乗客たちの、

養老院の集団のような虚ろな眼差しをモノともせず、にこやかに言い放った。

「しゅっぱあ〜つ！」

雨天でも決行するレジャーは数少なかったため、バスはほぼ昨日と同じ空席率だった。ノリコはグアムという国の歴史を例の漫談調で語り聞かせてウケを取りつつ、このミクロネシア最大の島の気候についても簡単に語った。いわく「乾季と雨季の2シーズンがあるのだが、この時期にこうして熱帯性低気圧が発生するのは実にレア。スコールと違って、これは数日間雨が降り続く。とはいえ、局地的で一過性の時も多いから、雨雲さえ過ぎてしまえばすぐに南国の陽射しが戻ってくるので、そのチャンスを最後まで諦めるな！」と。

窓際に座った長女は、ぼんやりとまた風土と、その土地柄に染み付く人間の性質について考えてみた。特に答えは出なかったが、こうして女三人一緒に行動してみて、いやが上にも実感する。自分たちがどんなに抗《あらが》ったとしても、結局は北陸の女でしかないだろうということを。裏日本からは逃れられない。

飛行機と違い、バスは一番後ろの席以外は二人掛けずつになっていた。母親は左右、別々の窓際を選んだ姉妹に困惑した素振りをしたのち、次女の隣に腰を降ろしていた。

一行はまず大聖堂バシリカへと連れて行かれた。

傘を持つ者、グアムまで来てぼったくり値段で傘を買うなんてバカらしい、どうせもうすぐ晴れるだろうと濡れても構わぬ主義の者がぞろぞろとバスを降りていく。家族は三人で一本だけ買う派だった。長女が「あたしはいい。あんたら二人が入ればいいがいね」と頑なに言い張って二人に譲り、パーカーのフードをかぶった。

ノリコは「ここなら雨も関係ないで〜す。好きに見て下さ〜い」と声を響かせたが、見ろと言われても礼拝堂には並んだ木製の椅子、微妙に小さい伝説のマリア像、あとはステンドグラスがあるくらいである。ステンドグラスは殴ったら確実に割れてしまうだろう脆弱性も加わって綺麗は綺麗だったが、それでもそんなに長い時間、眺めていられるものでもなかった。三人はそれぞれ時間を持て余した。二対一にならぬよう、母親が長女と次女どちらからも同じだけ距離を置いて動いていた。

ようやくノリコから集合の声がかかり、ぞろぞろとバスに戻った烏合の衆は、次に山のテッペンらしきところに連れて行かれた。濡れた体をハンカチで拭いたと思ったら、ここアプガン砦には有名な砲台があるのだ、とまたもや横殴りの雨の中を降ろされ、アロハシャツをぐしょぐしょにした男が「ホンモノのヤシの実が飲めるヨ。目の前で割るヨ」と半袖では寒いだろうことはひた隠しながら、トロピカルなジュースの屋台を出していた。宣伝代としてチップでももらえるに違いない、ノリコもしきりに「ヤシの実にわさび醤油をつけて食べると、イカの味がして、日本人の皆さん、みーんなおいしいって言いますよ〜。嘘だと思うなら試してみて〜」と移動中から奨めていた。

母親が「あんたら、飲まんか」と次女に傘を持たせ、カゴのバッグに手を突っ込んだ。財布を取り出す前に長女が「いらん」と言う。

「なんで。せっかくやし、飲まんか」

「絶対まずい。いらん」

「あんたは」母親は次女のほうを向いた。

「いらん」と、次女も無表情で応えた。「高いわ」

若干、苛つき始めた母親はバッグから取り出すのを財布ではなく、デジカメに変更した。

「じゃあ写真撮ろう。写真。ほら、あそこ登るとなんとか湾が一望できるって言っとったやん。お父さんに見せてやらんなん。あの人、怒るから」

「おかん、デジカメ、濡れんようにせんなんよ！」

母親の危なっかしさに、隣でついつい次女が刺々《とげとげ》しい声を出してしまった。写真嫌いの長女が「チッ」と舌打ちをした。

傘が吹き飛ばされないようにしつつ小高い丘に階段を登って辿り着くと、さっきのマリア像ほどではないが、これまた地味に、ぼろっちい砲台があった。なんとか観光スポットを、とやっきになっているグアム政府の思惑がひしひしと伝わってくる。天気さえ良ければ島中心部、家族が宿泊している賑やかなホテルエリアの海岸線のずっと向こうまで見渡せ、日本とは違いカラッとした空気が爽快で、きっと風光明媚な眺めだったのだろう。今は、残念ながら自然災害から身を守るため、命からがら一番小高い丘の上まで逃げてきた被災者が集っている場のようにしか見えない。

長女は憮然とした表情のまま砲台の横に立ち、「これ一枚だけやぞ……」とダブルピースで顔を思いきり隠した。他の観光客にぶつかりながら後ずさる母親が注意する。

「おねえ！　ピースしすぎ！　誰か分からんぞ、それじゃ！」

「いいんやって。嫌ねんて、写真！」

血がつながっているはずの母親と次女は写真にまったく抵抗ないらしく、空港の時点から「おとんに」「おとんに」とことあるごとに今ここにしかないはずの時間を、半永久的にデータという形で留める行為を怠らなかった。隣に立った次女が「早くしてや！濡れる！」と、強風で傘を弄《もてあそ》ばれてうまいことシャッターを切れない母親を叱り飛ばした。まさかマリアナブルーに抱かれたトレジャーアイランドがこんなに寒いとは思っていなかった次女の、ピラピラしたキャミソールがはためき、二の腕には梨の皮のように皮膚が粒だっている。

「だってこのカメラ、いつ撮れとるんか分からんがやって！」

そうなのだ。父親が「絶対なくしたらいかんよ」と母親に渡した数百万画素だかのデジタルカメラは「高性能ですので」と彼があれだけ主張していたにも拘わらず、シャッターを押せども押せども「今、撮った！」という手応えがいまいちなシロモノなのだった。とりあえず長押しをして、うーん、撮れたかなあ、と思うしかない。データフォルダを見て、あ、やっぱ撮れてた、と確認するしかない。

自分が写りたくないぶん、必然的に「あたしが撮ってやるって」と昨日から記録係をかって出ていた長女には、そのもどかしさが痛いほど伝わったが、ダブルピースなどという恥さらしな静止状態をいつ半永久的な形で収められるのか分からぬ緊張感を保ちながら……という己が滑稽で滑稽で、妹に二十センチほど開けられている距離も、うまく言葉にできないがストレスでストレスで、なんだかもう今すぐ日本に帰りたくなってきた。右のほうをちらりと盗み見ると、自分以上にしかめている次女の顔面があった。

「歯が、ひたい」。彼女は頬を抑えていた。

たぶん撮れた！　と母親が嬉しそうに必死に押し付けていたデジカメから顔を離した。

「よし、これでおとんも文句言わん！」

デジカメには小学生の持ち物のように北陸の実家の住所、電話番号が父親の小さな字で几帳面に書かれたシールが貼ってある。デジカメのケースにも、アダプターにも。母親のスーツケースには防水加工まで施されたシールが底のほうに付いている。「貸せ！」とねだる長女に送ったニンテンドーＤＳの本体は勿論、その紙の箱に至るまで、次女にあげた古いパソコンにもテレビにも、すべて彼の手作りのシールが貼ってあるのだった。

長女はダブルピースを、ようやく下ろした。

「せっかくの旅行なんやから」と母親が無理やり買って目の前のナタでスパーン！　と割られたココナツジュースはやはり、飲まないほうが正解だった。生温さと生臭さに長女はかすかな吐き気を覚えた。わさび醬油で確かにイカの刺身の味になったからといってなんだというのだ、という疑問も無視しがたい。

バスの中、ジュースで痛み止めの薬を飲んだ次女はいくぶん落ち着いて窓の外を眺めている。そこにはラッテストーンと呼ばれる、明らかに人の手がくわえられた痕跡の残る石柱があった。ガリガリに削ったくびれのような部分に関しては「いつ、誰が、どんな目的でこんなふうにしたのかは謎に包まれている」石柱。墓標説。建物の支柱説……。

それにしても家族旅行だって、いつ、誰が、どんな目的でするものなのかまったくの謎に包まれているじゃないか——長女も次女も自己嫌悪と肉親嫌悪しか覚えないこの旅の目的をすっかり見失いつつあった。

そのあとに巡回した恋人岬という岬で、あれだけ「グアム産じゃないボージョボー人形は全部ニセモノですから買っちゃ駄目ですよー」とノリコが忠告したにも拘わらず、目を離した隙に母親が「ヤスクスルヨ」とハワイ産の人形を八個も買わされてしまい、長女は激昂した。

「いいやん。ニセモノでも安いほうが。どうせお土産に配るげんし！　お母さんのお金ねんし！」。母親は珍しく折衷しなかった。

次女はホンモノの人形じゃない点を「なんで、なんでそんなもん」と責めた。ボージョボー人形とはそもそも持っていると幸せになる、という言い伝えありきの、別段かわいくもなんともない人形で、それなのに、ニセモノな点でもう言い伝えの部分の価値もゼロじゃないか！　と。

「言わんかったら分からんやろ！　そんな、ホンモノやったからって幸せになれるわけねえぞ！」。母親は現地の言い伝えを根本から否定した。

長女は「おかん、なんで八個買ってやるから安くしろって値切らんかったんよ！　もっと安くできたぞ、絶対！」と、馬鹿な日本人観光客としてナメた態度を取られたことに腹を立てた。

恋人岬に至っては、もう波乱する北陸の海そのものと、誰かの腹の内を反映したかのようなドス黒く渦巻く荒雲しか見当たらない。トレジャーアイランドに、トレジャーはまだどこにもない。

15

同じＤＮＡから生まれ、同じ性別を持ち、同じ生活環境を与えられ、同じ両親に育てられた二人がいたとして、その差がたったの四年だとして、性格の、人生の、その違いとはなんぞ？

たとえば自分と妹が双子で……いや、双子じゃなくてもいい。せめて自分があと一年遅く生まれていたとしたら、失わされることが決定していた世代から外れていたとしたら、一体自分はいまどんな風にこの人たちと家族旅行をしていたんだろう？

エステに行ってくるー、と無邪気にホテル十一階に併設したスパへ出かけた母親と妹から解放され、やっと一人になれた広々した部屋で、長女はここぞとばかりに物思いに耽《ふけ》っている。いつも人の裸を擦っている職業上、さすがにこの値段でマッサージコースを予約しよう、という気にはなれなかった。仕事熱心な黄さんだったら「ベンガク。コウガク」と、高い技術を持つ（とホテルパンフレットに書いてある）セラピストの施術を受けにいったかもしれないが、残念なことに自分は人の垢を擦り出すために生まれてきた、とは未だに思えたことがない。あー、何が幸せなのか分からないけど、今が幸せじゃないことだけは、分かる。分かってしまう。長女はじっと揉みダコのできた手を見つめる。

我が家のワーキングプア、と父親が自分のことをそう愛称しているのも、実は夕べの次女との通話中、しっかりと聞こえていた。本当に、なんてむごたらしい言葉なのだ。ワーキングしてるのにプアなんて誰が考え出したのか知らないが、虚しいにもほどがある。そんなふうに言われたら、もう途方に暮れてしまうしかないじゃないか。いつもの脳内のエアポケットに入れて、現実と切り離してしまうしかないじゃないか、もう、もう。

あ、しまった、悩んじゃった。と、長女は黒くてごつすぎる携帯を握りしめ、プラスチックでコーティングされた説明カードを何度も何度も見直しながら、「００５３４５の１の６７１の０９０の……」と実に21桁にも及ぶ番号をたどたどしく押して画面に表示させていったのだが、それは日本からグアムにかける場合であって、こっちから東京にかけるにはまた別の局番、という事実を知った瞬間に挫折した。

しばらく窓際のテーブルで、ティーバッグの紅茶を啜っていると、ああ、一人って楽だな。人間って他人といなければストレスなんて発生しないんだな、と思えてきた。ついでに長女は珍しく昨日話題に出ていた実家のうさぎのことも思い出した。

一匹しか存在しないはずのおもちには、実は複数いた時期があるのだった。それはまだ一代目が家族にチヤホヤされていた頃の話である。

「やつらは寂しいと死んでしまう」という言い伝えを友達から聞いて走って帰って来た長女は、背に腹は変えられぬと決意した次女を手伝わせ、小学校からうさぎを二匹盗み出すことに成功した。ブロックの小屋へ解放した瞬間、興奮した黒いうさぎたちはあっという間にぐるぐる走り回り、ことの重大さに気づいた次女は「おもち！」と叫んだが、時はすでに遅かった。

「どれー？　どれがおもちー？」

泣きじゃくる次女を長女は「死ぬよりはいいがいや。もう寂しくないげんぞ」となんとか宥《なだ》めすかしたが、小屋をのぞくと三匹は警戒し合い、どうやらすでに縄張りを決めたらしい狭い小屋の各所でじっと互いの様子を窺っていた。父親は出張していたため、姉妹は母親を騙してこっそり何日か経過を見ていたが、結局うさぎ達は一つの皿に入れた餌を食べる時だけ耳をぶつけ合い、あとはずっと近づこうとすらしなかった。

父親が出張から帰ってくる前に、姉妹はおもちを一匹に戻すという決断を下した。学校でもうさぎがいなくなったとちょっとした騒ぎになっており飼育小屋には頑丈な錠前がついていたので、二人は「これやな。たぶん、これがおもちやんな」「うん、たぶん」「絶対やって。おもち、こんな顔やったもん」と強引に、他の二匹を早朝の教室に逃がすという強行手段に踏み切ったのである。

家に帰ってみると、一匹になったおもちは広々した小屋でこれ以上ないほどだらしなく寝そべっていたものだ。細くなっていた食欲も出始めていた。

うさぎにすらストレスはある。ましてや……と結論しかけて、長女はまさに今、東京で恋人と住んでいる借家がうさぎ小屋と呼ぶにふさわしいことにも気づいてしまった。紅茶を飲もうとしていた手の動きがとまる。

自分は本当にあの男と結婚するんだろうか。するんだろう。でもお金がない。悲しいかな、お金がないという理由だけで結婚できない現状が、今のニッポンには存在するのだ。だってあたし、子供産んであげられないもんな。子供のズックとか可愛い洋服とか、たぶん買ってあげられないもんな。落ち着くために紅茶を一口啜る。ホテルに置かれていたティーバッグはいつも家で飲んでいるリプトンのやつで、好きだけど、落ち着くけど、なんだかな、と長女はカップをテーブルに戻した。最近いつも浮かんできてしまうあの考えがまたむくむくと湧き出てきてしまう。恋人が二十七歳だから、自動的にあたしも一緒に失うことから逃れられないんだとしたら。たとえば、年下の、ロストしてない世代の彼氏を今から作って結婚とかしたら……得られる？　何かを。あたしも便乗しておこぼれを頂ける？

きっと糖分が足りてないせいで変なことばかり考えてしまうのだ、と紅茶にミルクと砂糖を足し、このホテルにはなぜかティースプーンがなかったため、今使い切ったばかりのスティックシュガーの袋が固さを保っているうちにかき混ぜるという工夫を行っていると、曇っていた厚雲の隙間から、それこそまるで行きの飛行機で母親が読書灯を自らに当ててしまった時のように陽射しが力強く、目も眩まんばかりに差し込んだのだった。

長女は思わず「晴れた！」と椅子を倒して立ち上がった。

「ハレタ！　ハレタ！」

小躍りするように何度か叫んだが、部屋には当然自分の他に誰もいない。母親と次女は五十分のボディトリートメントとフェイシャルコースを選んでいたから、あと十分もすれば帰ってくるはずなのだが。

やきもきという表現がこれ以上ないくらいの落ち着かなさで、タオルと帽子と濡れてもいい用のTシャツを用意した長女は、ホテルの部屋内をぐるぐると歩き回った。やきもきー、と実際声に出して言ったのは、彼女にとってもこれが人生で初めてのことである。七階と十一階の往復は四度、済ませていた。バリ風にしつらえてあるスパの入り口の近くまで行けることは行けるのだが、どうしてもその手前にあるガラスドアを押し開けて、「ナマステー」とでも挨拶してきそうな女性に話しかける勇気が出ず、仕方ないのでこうして、いつ二人が帰ってきてもいいように水着で待ちわびているのだ。

浮き輪を買おう！　浮き輪を！

ホテルのフロントの隣にあった小さなストアを思い出して、長女は慌てて水着の上に服をはおってエレベーターに飛び乗った。戻ってきた二人と行き違いになっては大幅な時間の損になる。慌てて「B１」を押してしまい、尻拭いするかのように「１」のボタンに人差し指の指紋をこれでもかとねじり付けた。

フロント脇の店にはやはり、コパトーンのウォータープルーフの日焼け止め、サンオイル、ビーチボール、バナナボートなどに混じって、浮き輪が隅のコーナーに並べられていた。しかも大と中と小のサイズ別。「早く。早く決めないと」とパニックになりつつ迷った末、店主に「ディスカウント」と十二ドルを八ドルにしてもらえた、大を購入した。

部屋に戻っても、まだ二人の姿はなかった。

「何やっとんがじゃ！」

長女は財布をダブルベッドに投げつけた。

窓脇にまとめられた、煙草の焦げ痕残る厚手のカーテンにすがりつくようにして外を見渡すと、さっきより陽射しが少し弱くなっている。暗雲が山の向こうで立ち込めていることからも、このチャンスは安定性のないものであって、一刻の猶予もなくビーチに駆けつけねば一家はグアムまで来て海には入れなかった、という最悪の土産話を持ち帰らなければならない――とりあえず何かしなければいてもたってもいられなかった長女は、今買ってきたばかりの浮き輪をセロファン袋から破り出し、空気入れに直接口を当てて、肺にあるすべての二酸化炭素を送り始めた。

サービス券あったからサウナでゆっくりしてきたー、とさっぱりした表情で帰ってきた母親と次女に、でかすぎる浮き輪を腰に嵌《は》め、真っ赤に顔を膨らました長女が発した第一声は、「1;e75^r]k65 え2rsw°、！」。もはや言語化不可能な叫びだった。

「おねえ、なんや、どうしたん」

気持ち悪いものでも見たかのように口元に手を当て、母親はのけぞった。長女はちょっと待って、という仕草をして壁に掌《てのひら》をついて息を整えたあと、ようやく「海……」とだけ口走った。

「今なら晴れとるから……早く」

嘘お！　とそっくりな顔で答えた母親と次女はでかすぎる浮き輪に通路を阻まれながらも、なんとか順番に脇をすり抜け、窓際へと近寄った。

「本当や、晴れとる！」

「水着、下に着ていかんなん、水着！」

「お母さん、泳がんで見とるし、あんた、トイレでちゃっちゃっと着替えまっし！」

「うん！」

次女はスーツケースを開けてビニールのポーチを引っ摑むと、スリッパ脱ぎ捨て走り、という妙技を披露しながらバスルームへと駆け込んでいった。

「……あんたこれ、自分で膨らましたん？」

「うん。……死ぬかと思った」

「でかすぎんけ」

「こんなでかいと……思わんかったし」

しばらく反省猿のように長女は壁に手をついて、目をつむったまま消耗しきった体力を回復させていた。母親もせっかくオイルトリートメントしたんに、などとぶつくさ言いつつ日焼け止めを腕に絞り出した。ＳＰＦ50＋のクリームは超強力だけあって伸びが悪く、すんなりと広がってはくれない。白く浮いてしまう部分を丹念に丹念に肌に馴染ませていった。

やがて次女が死刑台にこれから上がろうとするかのような沈鬱な表情でバスルームのドアを重々しく開けて現れ、そこから一歩も動こうとせずに声を発した。

「……生理、きた」

鎌首をもたげるようにゆっくりと、長女の顔が妹のほうを向いた。感情が爆発する寸前の激しい形相だった。母親がすかさず叫んだ。

「私のがうつったんや！　おかんが悪い！　お姉ちゃん、おかんが、生理うつしたおかんが悪い！　おかんが全部悪い！」

おかんが悪い、おかんが悪い、と母親は土下座までするような勢いで、浮き輪を腰に巻いたまま瞬き一つしない長女と、それを黙って見つめ返す次女のあいだに飛び込んでいった。

16

グアムには電車というものが走っていないので、観光客はタクシーか、車をレンタルするか、ホテルとショッピングセンターのあいだに張り巡らされたバス路線網のいずれかを交通手段として選択することになる。

チャモロヴィレッジへの移動に、家族はバスを乗り継いでいくことにした。途中で間違ったバスに乗ったり、あれは違うこれは違う、と行き先によって色の違う車体をほとんどケンカ腰の会話で選別して、逆方向へ回ってしまったり、通り過ぎてしまったり、遠回りしてしまったりしながら、ようやくここまで辿り着いた。ようやく。

グアムの先住民チャモロ族が住む村、チャモロヴィレッジでは毎週水曜にナイトマーケットが開催されている。お祭りだから絶対行ったほうがいい、という情報をツアーデスクから仕入れ、三人は最後の夜にこうしてやってきたのだった。雨はあれから弱まったり強まったりを繰り返し、本当にマーケットが開催されるのか夜になるまで気が気じゃなかったが、なんとか持ち直してくれたので、母親は心から天に感謝した。

同じように昨日からの台風に惑わされた観光客が押し寄せたのだろう、小さな村は確かにお祭りのような騒ぎだった。民族音楽らしき太鼓が、秘境をイメージさせるリズムでどこかからひっきりなしに聞こえてくる。屋台が立ち並び、土産もの屋が連なり、そこここで松明《たいまつ》が焚かれ、気分を高揚させる。長女の働いているスパ内にある、ハワイアン風ヒーリングサロンがちょうどこんな感じのムードだ、と思った。次女はこないだ恋人と訪れたテーマパークにもこんな感じのエリアがあった、と思っていた。

チャモロとは、高貴、を意味するらしかった。バスの移動中、もはや会話をしないのが一番いいのだと悟った次女はガイドブックをひたすら読み込み、彼らの文化、歴史、料理、伝説などを次々と頭に叩き込んでいった。ほとんど時間を潰すためだけに行われた意味のない努力だったが、その中でもこの項目だけはなぜか気になってしまい、他のページよりも速度を落として、次女はじっと文字を追った。


【チャモロ人の社会構造】

古い文献によると、チャモロ人には階層が3つ存在したと記されています。各人の身分は、生まれた時から決められていて、結婚相手も自分の属している階層から、と決められていました。

『マトワ』

一番上の階層。

各部族の地主で特権を有し、平民から崇《あが》められていました。

『アチャオット』

マトワに次ぐ階層。

身分が低く、殆《ほとん》どがマトワの命令に従っていました。共同生活の中では、ある程度マトワに近い役割を担っていたと推察されます。

『マナチャング』

最下層。つまらないもの、に近い意味を持つようです。

この階層からは、戦士やカヌーの作り手、水夫、漁師等になることは許されませんでした。また、共同社会への参加は制限され、上流階層の人間に出会った時には、敬意を表すため腰をかがめ体を低くしなければなりませんでした。

次女はなぜかこれを長女に読ませてはいけないような気がして、道中ずっとガイドブックを手放さないようにしていた。しかし例によって母親がコミュニケーションを図ろうという魂胆見え見えな態度で「ちょっと貸してやー」と手を伸ばし、ほんの数秒パラパラと捲《めく》っただけで、バスからの景色をむっつりと睨んでいる退屈そうな長女にそのガイドブックを渡してしまった。

「ほら、お姉ちゃん。今から行くとこ、載っとるぞ」

長女は黙ってそれを受け取り、掌《てのひら》で頰を押しつぶした恰好のまま流し読んでいった。つまらないのか次のページ、次のページと適当にぱらつかせていたが、あるところでその動きをはたと止め、やがて本を閉じて母親に静かに突き返した。

部族のリズムは人の波を押し分けて、賑わう村の中央部らしき方向へ進むにつれ、大きくなっていく。それに伴って上昇していく熱気も肌に絡み付いて、グアム特有のカラッとした空気はどこへやら、異国の夜は母親の言う外人の腋臭を強めていく。松明の炎に目が馴れていくと、藁《わら》葺《ぶ》きの塀が村の周囲をぐるりと囲っているのだと知れた。一押しの観光スポットであるマーケットは学校の運動場ほどの広さもない。

この島にはもう正統なチャモロ族の血を受け継ぐ者は、ここにいる彼ら、百人程度しかいないらしい。

「離れんときまっしやー！」

母親が方言を隠そうともせず、背の高いアメリカ人、フィリピン人、チャモロ人、日本人の群れに自分こそ紛れながら、姉妹に呼びかけた。

「……」

姉妹はあのホテルのバスルーム前で視線を交ぜあわせたっきり、母親に向けてしかお互い言葉らしい言葉を発していなかった。その言葉すらごく僅か、もはや無駄を一切合切省いた末の簡潔な音でしかなかった。

次女の口内はここに来て、慢性的に痛み出していた。親知らずを抜いたのは一週間も前なのだし、ちゃんと大事は取ったつもりだ。しかし親知らずだけでなく、その手前の奥歯の虫歯もまとめてその時に治療していたので、次女はようやくこの痛みがもしかすると奥歯の嚙み合わせが微妙に変化してしまったせいなのかもしれない、と思い至り始めていた。歯のバランスは本当に絶妙な繊細さで成り立っている、と聞いたことがある。些細な歯の凹凸を削ってしまっただけで、それまで力を込めて嚙めていたはずの箇所がずれてしまい、顎関節症を起こしたりもするのだ、と。顎関節症の原因になるのは、大体がストレスである、と。母親のいびきを次女は笑ったが、もしかするとそういう自分は寝ながら無意識のうちに激しい歯ぎしりをしていたんじゃないだろうか？　万力の強さを思いきり込めて。

明日にはもう日本へ帰る飛行機に乗らなければならない。何か一つくらい楽しい思い出がないと、と母親は強迫観念のように屋台の前に立ち止まり、「これ食べるか？」「あれ食べるか？」としきりに娘たちに尋ね続けた。

「トイレ、行ってくるわ」

せわしなかった母親が、姉妹を二人きりにする心配をあらわにしながらも、尿意には勝てなかったらしく「ここらへんで待っとって」と言い捨てて、駆け足で長蛇の列へと並びに行った。残された姉妹は——日本なら迷わず各々離れて行動しただろうが、そういうわけにもいかず、小さなジュエリーショップの壁中にところ狭しと吊り下げられた石や飾りのついた安価なネックレス群を眺め潰した。かなり時間をかけて、さして興味もないアクセサリーを手に取ってその重量を確かめたりもしてみた。トイレが込んでいるのだろう、母親はまだ当分戻ってきそうにない。

混雑する狭い店内で、姉妹の肩と肩が触れあった。二人のキャミソールから出た肌は剝き出しで、気づかなかったことにするほうが不自然になってしまうくらいの、汗ばんだ皮膚と皮膚の接着感があった。しかし長女はもう成田空港の免税店でのように「お」とは手をあげない。次女も「ほ」とは言い返さない。二人は一旦は黙ったまますれ違った。しかし、

「……おねえ」

ヤスイヨーヤスクスルヨー、と訴え続ける店員の声にかき消されてしまいそうなほど、かき消えたらその時はもうしょうがないとでも思っていそうなほど小さな声で次女は呼びかけた。

「……なんじゃ」

姉は手にぶら下げていたネックレスを、コルクボードに留められたピンに戻した。振り返ろうとはしなかった。

「……おかんに、いい思い出、作ってあげんけ」

「……どういうこと？」

「もう、なんでもおねえの言う通りにするから、今だけでも、楽しい、みたいにせんけ」

「言う通りって……別に、じゃあお前の言う通りでいいよ。お前の言う通りに楽しく、しようや」

「おかん、可哀想やろ」

「なんや。悪いの全部あたしか。あたしのせいか、これ。この旅行最悪なん、あたしが原因か」

「そんなこと言うとらんやん。なんでお姉ちゃんいっつもそんなんねんて」

長女は溜め息を、気を静めたいのか優位に立ちたいのかどっちとも取れる、大きな溜め息を吐いた。

「お前がいっつもそんなんやからやろ？　なんでお前はいっつもそんな自分が正しい、みたいな言い方するんじゃ。なんの、どんな根拠があってお前が正しいんじゃ。なあ。なあ。お前、自分がちゃんとした人間で、あたしがあほで、可哀想やと思っとるんやろ？　いっつもそうじゃ。お前、可哀想可哀想って、どんだけ上から目線？　どんだけ偉いん？　お前、言っとくけど、お前の言っとること、本当、なんっにも、一個も正しくないぞ。人に押し付けるなや、自分の間違った考え。周りの人、聞いとったらみんな思うぞ！　あ、こいつ恥ずかしいって。お前、恥ずかしいって。なあ、お前はあたしのこと可哀想かもしれんけど、あたしはお前のこと恥ずかしい。ものっすごい恥ずかしいわ。なんでそんな恥ずかしくて生きていけるん？　ねえ、教えて？　ねえ、教えて？　ねえ、ねえ。なんなん、お前。何様なん、お前。超偉いん？　超偉い人なん？」

「……旅行のお金も払ってない人になんも、言われたくない」

「は？」

「お姉ちゃん。払っとらんやろ、お金」

「だから何」

「おねえが悪い、全部」

「お前、よくそんなこと言えるな。生理なったの、誰？　お前やろ？　あたしじゃないやろ？　なんで？　なんであたしが悪いん？　なあ」

「お姉ちゃんがそんなになったんはお姉ちゃんの責任じゃ。おかんはなんも悪くない」

「お前はさっきからなんの話をしとれんて」

「悪いのはおかんじゃない」

「……おかんやろ」

「おかんじゃない」

「おかんや」

「おかんじゃないよ。だって私はちゃんと、できとる」

次女はそこで一瞬だけ言葉を切った。

「ちゃんとできとるよ、私は」

「お前……それは、違うやろ？　お前、あたしがどんだけ苦労しとるか分かっとらんくせに、あたしが、あたしがはじめっからどんだけ頑張っても駄目やったんじゃ。駄目な十年間に産まれたんじゃ。どうにもならんかった時に産まれてしまったんじゃ。なんであたしが悪い？　あたしがどう頑張ればよかった？　不景気どうやって直せばよかった？　就職難どうやって乗り切ればよかった？　氷河期どうやってあったためればよかった？　おい、教えてや。頼むわ。お姉ちゃん、頭悪いから分からん。黙っとらんと教えて下さい、お願いします。ねえ。お願いしますって」

長女は次女の肩を数回、強く揺さぶった。マーケットの喧噪にあおられて、どんどん大声になっていく。

「……そんなことばっかり言っとるからやん！」

「なんで？　こんなこと言っとらんかったって、駄目なもんは駄目やったやろ？　お前、あたしにどんだけでかいもんに勝たせようとしとれんて！　無茶言うなや！　そんなん勝てんぞ！　勝てるわけねえがい！　社会やぞ？　もう決まっとったんやぞ！　最初っから！　自分がちゃんとできとるとか言うな！　そんなんお前の力じゃねえ！　お前があたしと同じ時に産まれとったら絶対、絶対一緒やった！　お前、駄目やもん。知らんがか？　なあ、おい。お前、駄目ねんぞ。人間として最低。最低の層や。最下層。良かったな、時代に助けられて！　助けてもらえて！」

次女は、堪えきれず泣いた。絶対にこの人の前では泣きたくなかったが、泣くまで姉が自分を傷つけるのをやめようとしないので、泣いてしまった。泣くしかなかった。昔のことを思い出した。昔、ずっとこんな風に力ずくで長女に傷つけられてきたことを。意味不明な文句を並べられ、ずっとずっと理不尽に負かされてきたことを。

悔しさに歯を強く強く食いしばったせいで、血の味がこみ上げてきた。次女はその赤い唾を店の外の土に直接、べっ、と吐き捨てた。頬を拭ってしまうと、落涙《らくるい》を認めてしまうことになる気がして、そのままにしておいた。ジュエリーショップにいた他の観光客が、何事か、と振り返っている姿が姉の背後に見える。それでも次女は顔を毅然とあげたままにしておいた。姉の目に映っている涙は、姉の錯覚だといわんばかりに。

「もういい。なんでもいいから、おかん、喜ばせよう」。次女の頬には涙の筋が残っていた。マスカラにまわりを汚された目は真っ赤に充血していた。まだ潤んでいるせいでその眼差しはやけに光っている。

「楽しいふり、しよう」

長女は買ったばかりの自分のビルケンシュトックに目を落として、聞こえてくる太鼓に耳を澄ましているかのように長いこと沈黙していた。そして、煮え切らない様子を残しながら不器用に唇を噛み締め、またずっと沈黙したのち、「……ごめん」と言った。

「お姉ちゃんが悪かったです。ごめん。ごめんなさい」

怒っているかのように繰り返した。長女の眼にも祭りの灯りが光って映り込んでいる。

17

予想通り、もしくは予想以上に汚かった個室の便器も床も、なるべく直視しないように苦心して、やっとこさ用を足した母親は「ポケットティッシュ持っててほんとよかったわー」とバッグにハンカチをしまいながら、姉妹のもとへと戻ってきた。

「どうしたん、あんたら」

二人の間の空気を過敏に感じ取った母親は、またケンカしたのかこの子たちは……と頭痛を覚えそうになったが、さきほどまでとは少し様子が違っているらしいことにもいち早く気がついた。

「あの変なトリ肉みたいの食べたい」

「ジュース、飲みたい」

「キーホルダーみたい！」

「ロバおる。ロバ。ロバ乗りたい！」

姉妹は目に入るもの手当たり次第、とでも言わんばかりに母親をあっちこっちに引き連れ、欲望をぶつけ出した。二人が同時におのおの指をさすので、首が追いつかないほどである。せっかく1セント5セント10セント25セント50セントの違いを覚えたのに、慌ててドル紙幣ばかり出さねばならぬほどである。財布のコイン入ればかりがどんどん膨らんでいく。

屋台で買ってくれとせがんだ、骨ごとついた肉にダイナミックにかぶりついた長女が「甘酸っぱ辛《から》い！」と母親にそのまま手渡した。次女がその横で『チャモロ料理の味の特徴としては、甘さ・辛さ・酸っぱさのいずれかがどのお料理にも濃厚にあることがあげられます』げんぞ、おねえ」とガイドブックをそらんじてみせ、長女は「おかん、食べてみ。全部、濃厚」と強要した。

母親はおそるおそる一口かじって、馴染みのないスパイスの独特な強みに顔をしかめ、「嫌や。お母さんもいらん、これ」と次女に渡した。次女は骨を握った自分の手と肉の画像をデジカメに収めて、「パックもらおう。お持ち帰りできるはずや」と店員にカタコト英語で話しかけた。

「こっちはもうなんもないな。よし、戻って反対のほう行ってみよう。たぶんあっちのほうがメインのはずや。人いっぱいおるし」

長女は次女がパックに輪ゴムを巻いて蓋を開かないようにする時間も待ちきれない様子で歩き出した。

「待ってあげてや。あんたが食べたいって言った肉ねんし、これ」

母親は言ってから、しまった、と思った。せっかくこの旅で一番それらしい、まともな雰囲気だったのに自分から波風立つように仕向けてしまった、と。しかし母親の後悔に反して、わざわざ行きかけた道を戻って来た長女は「……分かっとる。できた？　手伝ってやろうか？」と次女の脇まで近寄った。

「できた。大丈夫や」

次女が輪ゴムからパチン！　と指を放した。

「持つわ」姉が手を出す。

「いいよ。持つ持つ」妹がパックを遠ざける。

「なんで。お前のカバン、ちっちゃいやん。あたしのやったらそれ入るから」

「肉汁、出るって」

「じゃ袋もらおう、袋」

ビニール、ビニールプリーズ、と長女は肌の浅黒い同じ店員に声をかけ「は？」という顔をされながらも、「ビニールイズ……イン、ザ、バッグ。ビコーズ、アイウィルテイクアウトディス、あーん、ホティル。ディス、イズ……ノーバッグ、イン」と四角い形を指先で空中に何度も示してみせた。脇から次女が「プリーズ」と屋台の店先に吊り下げてあるビニール袋に視線を導きながら人差し指を立てると、店員はようやく「オーケー。ユアセルフ」と事情を飲み込んだ。あれほど長女が暗記していた『咄嗟のヒトコト』は、咄嗟すぎてあまり役に立たない、ということがこの時、判明した。

長女は先端の尖ったS字フックに通されている袋を一枚、はぎ取ろうとした。思ったより袋が固く破けなかったので、今度は力を入れて引きちぎった。両手で揉み込むようにして口を開くと、次女が連携プレーでパックをそこへ器用に入れた。

「これで肉汁出ても大丈夫や」

「うん」

父親がいれば、さぞ「息ぴったりやがいね、あんたさんたち。そうやっとると姉妹みたいやな。あんたら、まさかおんなじ親から産まれたんじゃねえけ」などとからかい喜んだことだろう。しかし母親は、なんかちょっと気持ち悪い……と娘たちのがむしゃらとまで言える思い出作りの姿に怯えた。あれほどいがみ合い、一触即発な空気を発していた二人なのに。人が変わったみたいに。なんで急に。なんでこんなに。申し訳ないが、不自然さを感じずにはいられない。

今も、ああして老いさらばえたロバの背に無理やり二人がくっついて乗っていること自体が薄気味悪いし、今までなら絶対に「12ドルも出してこんなもんに乗る意味が分からん」「ああやって、もう使いもんにならんロバを過労死させて稼ぐ商売なんやぞ」などと口々に言い立てたに違いないのに、あ、こっちに笑顔で手なんか振っている、振り返さねば——デジカメの、相変わらず撮れているのかいないのかはっきりしないシャッターを長押ししつつ、母親はこの事態をどう受け止めたものか、と内心判断を下せないでいた。笑顔をこちらに向けたままの姉妹がロバ上でピースしながら静止状態を努力して保ち、まだかまだか、もういいか、いや、まだ、もうちょっと、と粘っているうち、フラッシュが唐突に瞬《またた》いて夜の情景ごと鮮明に切り取った。最近のデジカメは性能がいいはずなので、きっとああしてやせ衰えた白いロバの毛並みまで、二人の額にうっすら滲み出している汗の粒まで、しっかりと写り込んでいるだろう。

ナイトマーケットは到着した時より、はるかに白熱していた。

ずんずんどっこー、ずんずんどっこー。

と最初から母親の耳にはそんな風に聞こえてしょうがない太鼓の鳴るほうへ、姉妹は相変わらず相手を思いやりながら移動した。「なんや。お前、もしかしてさっきの出店、気になっとるん？」「いや、いいよ。そこまでじゃないし、ちょっと戻らんなんしろうや。全然、ちょっとの距離やん」「でもおかんの足が」「そうか。じゃあまあやめとっか。またあるって、似たような店」「うん。ほんとに全然そこまで見たかったわけじゃないし。大丈夫や。ありがとう」「おお」

ありがとう！　ありがとうやって！　と母親は驚愕の思いで娘たちの後ろ姿に目を見開いた。お父さん！　お父さん！　と日本で寒さにぶるついているはずの父親へも念を飛ばした。姉妹は交互に、ちゃんと母親が自分たちとはぐれていないかを確かめながら振り返る。こうして見ると、母親似も父親似も関係なくて二人はやはりよく似ている。バッグの持ちかたが危ないとこちらを指さして注意しているのだろう。スリがどうのこうのと二人で話しているらしいが、太鼓の音がどんどん大きくなっているので内容までは分からない。うんうん、と母親は頷いてみせた。バーベキューの匂いなのか、松明の匂いなのか、とにかく何かが燃やされている焦げ臭さが鼻の奥にずっとこびりついている。

ずんずんどっこーにまぎれて、異国の言葉が母親の耳の穴にも押し寄せていた。日本語も多い。カタコトの日本語も聞こえる。今のはさっきのお姉ちゃんが話したみたいな、ヘタクソなニホンゴ英語。それらと溶け込むようにして、だけどもどれとも違う、短く言葉を区切るような、跳ね上がるようなリズミカルな話し方は、あれは、ここの民族のチャモロ語、だろうか。

ぐるりと取り囲むようにしてひときわ人だかりが出来ている場所があった。長女は東京での電車通勤で馴れているのか、なるべく空いた位置を見つけては少しずつ前へ出ていこうとしている。こんな場面では絶対に後ろで引いて立っているだろう次女も、続いてぐいぐいと人と人の間に隙間を作りながら「おかん」と苦しげに声を出す。

母親は次女が作ってくれた道に体をねじ込ませ、押し潰され、見知らぬ人間の肉に自分の肉を張り付かせ、ひっぺがすように進み、新鮮な酸素を求めて大きく息を吸い込んだ。誰かが手に持っていたかき氷の容器が顔にあたり、自分の肉体が驚くほど火照《ほて》っていることに気づいた。ビールが飲みたい、と母親は思った。冷たいビールを今喉に一気に流し込んだら、さぞかし「生き返るー」ことだろう。

三人は異様な興奮の渦へ、これから身を投じに行くかのような足取りで無我夢中に突き進んでいった。人波をかき分けて。流れに滅茶苦茶にさからって。

中心へ行かなければならない。

放熱の中心へ。

中心へ。

視界が開けると、そこでは腰に藁を巻いたチャモロ族が原始的な太鼓の音にすべてを委ね、踊っていた。たくましい肉体の青年が数人と、瑞々《みずみず》しい体のラインが滑らかな年頃の少女たちと、人前に曝《さら》すにはあまりに揺れすぎている三段に積み重なった腹を持つ少女数人と、まだ何も分からないまま大人に踊らされているようにしか見えない、子供たち。

高貴、を意味するチャモロの末裔《まつえい》たち。

やる気があるものと、ないもののダンスの差は歴然としていた。受け継がれた伝統的な振り付けだけは一応あるらしいものの、手足の角度や音の取り方はバラバラで、表情もそれぞれだった。一人はにこやかに微笑んでいる。一人は憮然としている。一人は恥ずかしそうに俯き気味だ。一人は屈辱的に顔をしかめている。一人の子は明らかに愛想笑いで、一人はたぶんダンスを無心に楽しんでいる。

観光客に方々から投げ入れられたコインが彼らの足元に散らばっており、そのステージの床を無数の松明が照らしていた。ここからでも分かるほど大きな虫が羽をふるわせ、その中の一つの炎めがけて飛び込んでいった。ジュッ、と燃え尽きる音まで聞こえてきそうだった。響き渡る太鼓が鼓膜を振動させ、この世の全ての音を支配していた。心臓と同化してしまったかのように母親の体内の隅々までチャモロの韻律《いんりつ》が脈打つ。

短いうなり声をところどころで上げつつ踊る彼らを照らすのは松明だけではない。フラッシュがそこかしこで光っている。四方八方からレンズが向けられている。

母親と長女と次女は、最前列でダンスと炎をいつまでも眺めていた。

18

翌日は、朝七時に起きてビーチへ行く支度を始めた。

空港までのバスが迎えにくるため、午前十一時ロビー集合だったからだ。昨日、あれだけ説得しても嫌がっていた次女は「タンポン入れる」と自ら言い出し、さきほどからクーラーの冷気も届かぬバスルームで悪戦苦闘の真っ最中である。

夕べの時点で、台風はまだ去ったわけではなく明日の降水確率も80パーセントだとテレビは天気予報を流し続けていた。日本ではまだ記録的な大雪が続いているらしい。

「嫌やわー、あっち帰るの」と母親は不服げに嘆いて、長女に「携帯貸して」と言った。

その夜の、スポンサーこと父親との国際電話の内容は大体こんな感じである。

「どうでしたかー。お母さん、今日は」

「ああ。チャモロヴィレッジ行ってきたわ。民族の村。ナイトマーケット」

「楽しかったですか」

「そうやね。ダンス観たよ」

「夕飯はおいしいもの食べましたか？」

「なんか屋台のもん全部口にあわんかったから、帰りにスーパー寄ってホテルの部屋食べや。部屋食べ」

「何食べた？」

「春巻きと、カップ麺と、サラダや」

「しょうもねえもんばっかやなあ。わしにちゃんとおみやげ買うてくれたんかいね」

「ああ、あんたの子供らが変なもん選んどったぞ。木彫の小物入れ。私しか荷物に入らんからって、さっきスーツケースに入れてみたけど、すごい面積や。重いし。小物入れなんて、あんた小物なんか持っとらんがに、どうするんじゃろうね。リスクとリターンが見合ってないわいね」

「なんじゃ、あんたさん。いきなりそんな難しい言葉つこうて」

「リスクとリターンや。知らんがか」

「知らんわけないやろ。わしを誰やと思うとれんて。それに小物だって、わし、あるぞ」

「何」

「ドングリ入れとくわい。ドングリ。お姉ちゃんが拾うてくるって約束したんやさけ」

「あほ。拾っとるわけないやろ」

「なんじゃ、じゃああの人、わしに嘘吐《つ》いたんか。お金、返してもらわんなんな」

「あんまそんなことばっかり言わんときまっし。また怒られるよ」

勘弁して下さいー、と叫んだ父親はそれから次女と少し話し、バトンタッチされた長女に「もう切っていいけ」とかなり早い段階で通達され、「じゃあ気をつけて帰ってきまっしね」と母親に物足りなげに告げて電話を終えた。

その翌朝、スプリングから跳ね上がってカーテンを開けた瞬間に「やった！」と長女は叫んだのだった。

降水確率80パーセント、おそらくその残り20パーがこの午前中の数時間に割り当てられたのだろう。ガイドブックの表紙と同じ色。エメラルドブルーの快晴を獲得した家族は計画通り、買い込んでおいた簡単な朝食を手早く部屋で済ませ、海に出かける準備におのおの取りかかった。長女はもういつ高波がこのベランダまで押し寄せても万全、あとはTシャツとハーフパンツを身につければよいだけのスポーティな水着姿である。母親は昨日の一件のせいで空気を抜かれてしまっていた、でかすぎる浮き輪を「やるやる。おかんが」と自ら役目を買って出て、また一から膨らませ直し、ぐったりとダブルベッドに虫の息だった。

「死ぬかと思うやろ？」

水着のままベランダに出て、晴れ渡るブルースカイをにまにま眺めていた長女が振り返った。ウォータープルーフの日焼け止めを、プロの手で入念に擦り施した体に塗り残しはない。陽射しを存分に味わっている長女の、部屋に向けた顔半分に陰ができた。

「死ぬ、かと、思う、わ」

自分も生理三日目で、決して体調のすぐれているわけではない母親が寝そべったまま、切れ切れに返した。胸の上下がこうやって見ても驚くほど激しい、と母親は顎を首につけるようにし思った。

「……おかん」

バスルームのドアががちゃっと開き、この家族旅行用にわざわざ買った、地味めな水着を身につけた次女が出て来た。どれだけ奮闘したのやら、汗の玉が次から次に滴《したた》って肌を滑り落ちている。

「……どうや、タン、ポン。ちゃんと、入った、か？」

「息んだら息むだけ入りにくいげんぞ。力抜かんなん、うまくいかんがやぞー」

「……おかん」

次女の足取りは危うかった。絨毯のしかれた床を、さながら夕べ乗ったロバのようにヨタヨタと歩きながら、呂律《ろれつ》も怪しい口調で尋ねた。

「何、飲ませた？」

「は？」

自分も起き上がることができないほどの重労働を終えたばかりの母親はそれだけを聞き返すのがやっとであった。「何、って？」

「さっき、生理痛の……バファリン、くれたやろ。二錠」

「うん」

「あれ、本当にバファリンやった？」

酸欠で事情が飲み込めぬ母親より先に、テーブル上のポーチの脇にアルミの空を発見した長女が「あ！」と大声をあげた。

「これ、眠剤やぞ！　おかん！」

「……うそぉー」

母親は天井を見上げて、しばらくはあはあし続けたあと、力の抜けきった声で「ごめーん」と発した。

「……ぼおーっとする。駄目や。……立っとれん」

次女はほとんど目を閉じている状態で、母親の脇に倒れ込んだ。キングサイズのベッドがたわんで、彼女の体重を頼もしく受け止めた。

「あんた、眠剤、飲んだこと、なかったん、け？」。母親の息はまだしばらく整いそうもない。

「ないよ……一回も」

「初めてでいきなり二錠なんて絶対、無理やん！　耐えられるわけないやん！」

なにやっとんがじゃー、と叫んで、昨日戻ってこない二人に苛ついてバウンドさせた財布のように、長女もダブルベッドの空きスペースに激しく自らの身を投げ出した。反動で、しなったスプリングが隣の二人の体をも勢いよく押し上げた。

「なんのためにグアム来たんやってー！」

「お姉ちゃん、一人で、泳いで、来ても、いい、ぞ」

中央の母親がそう言ったが、それはもう臨終間際の遺言のようにしか聞こえなかった。

「いいぞって、一人なんて何が楽しいん！」

「……薬、効かん体質やと思っとったけど、全然効くもんなんやなあ……」

妹が一人で呟いている。

「おとん、が、もし、ここにおったら」。母親は自分も寝てしまいそうな口調で、ゆっくりと、言葉を足した。「おったら」

開けっ放しのベランダから入ってくる波の音に混じって、次女の寝息が聞こえ出していた。

母親も、続きを言うつもりはもうないらしかった。

長女は湿り気の一切ない風でそよぐレースのカーテンを見つめながら「快晴なんに」と呟いた。

「あんな快晴、もうたぶん一生見れんのに」

「おかんは、曇っとるくらいのほうが、落ち着くから、大丈夫」

「……曇天」。長女は枕に半分顔を埋めて、もぞっ、と口にする。その声はもう隣の母親にすら聞き取れないほどのボリュームしかない。曇天は自分も嫌いじゃない、と長女は枕にさらに顔を押し付けて思った。

「現在と、過去と、未来」

母親が天井を向いたまま、そんなことを言ったような気がしたのだが——聞き間違いか寝言だろうと思って、長女は反応しなかった。二時間サスペンス好きの主婦から出てきた言葉にしてはあまりに現実感に乏しい。しかし、やはり寝言ではなかったらしく、彼女は続けた。

「……あんた、知っとる？　ジュエリーマキって」

「おお。宝石の、ブランドやろ」

「あれにトリロジーってダイヤモンドがあれん」

「ああ、なんかあったな。そういうの。ＣＭでやっとったな」

「ネックレスにダイヤが三つ付いとって……現在、過去、未来を表現しとるんやと」

「トリロジー。トリオ……ロジー、ってこと？　トリオロジーの意味がそもそも分からんけど」

「お前と、チビ助と、おかん、みたいじゃないけ」

「……ダイヤ欲しいん？」

「おかん、ダイヤとかいらん」

なんじゃそら、と長女は思った。この人の口から現在、過去、未来などという単語が飛び出すこと自体どうかと思ったが、しかしあえて水を差すこともない。自分たち三人をそう喩《たと》えたいなら喩えさせてあげよう、と黙っておくことにした。長女ももう、何も知らない妹を騙してアリバイトリックに利用するような幼稚な子供ではないのだ。垢を擦り出して働き、必死で自分の生活費を稼いでいる。幸せとは言い切りがたいが、数年後には三十歳を迎える。

長女は枕に沈めていた顔を窓に戻して「自分ならばこの三人の状況を何に喩えるだろう」と考え、ぼんやりＪＲ総武線と丸ノ内線と神田川を思い浮かべた。可哀想なことに父親の存在は特に深い意味もなくきれいに思い出されなかった。


その時、父親はまさか常夏の島でそんなイメージ内の迫害を受けているとも知らずに、炬燵《こたつ》で暖まりながら家族の帰りを待ちわびていた。

「こんな大雪で飛行機、ほんとに飛ぶんかいね……」

とこの冬の尋常ではない寒さによって二日前に死んでしまったうさぎと入れ替えたばかりの黒いうさぎに話しかけていた。新しい家族の一員は、おもち八代目である。うさぎは今までの七匹よりもずっとずっとサイズが小さく、場合によってはこいつを小物入れに入れてみてはどうか、と父親は娘たちのお土産の使い道にあれやこれや思索をめぐらせた。うさぎは敏感に自分が何かの犠牲になることを感じ取ったらしく、彼の手からするりと滑り出て炬燵に潜り込んだ。その時、偶然にもうさぎの足がコードの途中部についた温度調節つまみを蹴り回した。

「こらこら。『強』なんてしとったら焼け死ぬぞ。あんたさんのこと手に入れるがに、わしがどんだけ苦労したと思うとれんて」

実にこの二泊三日、豪雪で何もかもが機能停止してしまったような白い北陸で父親のしていたことは、まさに七転八倒と呼ぶにふさわしい、黒いうさぎを巡る冒険であった。さまざまな困難に遭いながらも、彼はおもち七代目の死を乗り越え、家族が帰ってくる前までに、となんとかこの八代目を手に入れたのである。彼の中でおもちは絶対に死んではいけない存在なのだった。おもちは我が家にいなくてはいけない。

炬燵布団を捲《まく》り上げて中を覗き込むと、鼻をひくひくさせたうさぎは赤外線の熱と灯りを浴びて黒オレンジに変色していた。

ダブルベッドに本格的に身を任せ、母親のいびきと妹の歯ぎしりをしばらく聞いていた長女は、呑気だなあ、と天井を見つめて呆れていた。この人たちは何も失わされていないから……といつものように考えかけたが、苦悩なんて誰にでもできるということに気づいて、じゃあもうそういうのは他の人に任せようと目をつぶった。そうだ、苦悩なんて誰にでも、できる。彼女の瞼の裏に浮かんだのは、故郷の曇天と、東京の恋人の顔である。

やがて、むくりと体を起こした長女はベッドサイドにあるデジタル時計周辺をちまちまといじり始めた。無論、時間をすすめて飛行機に乗り遅れたという偽の状況を作り出すために。母親の腕時計もあとで仕掛けしておかなければならない——騙す時はきっちり騙すのが、彼女の流儀なのだった。

時計の操作の仕方が分かり、音をさせぬようにスイッチを長押しすると、ばらばらだった四つの数字がものすごい早さで変動を開始した。

参考文献　グアム政府観光局ＨＰ

初出　「新潮」二〇〇八年一月号

本谷有希子（もとや・ゆきこ）

1979年石川県生まれ。高校卒業後上京し、2000年「劇団、本谷有希子」を旗揚げ、主宰として作・演出を手掛ける。小説家としても活動を開始し、「腑抜けども、悲しみの愛を見せろ」で三島由紀夫賞候補、「生きてるだけで、愛。」で同賞および芥川賞候補となる。2006年上演の戯曲「遭難、」で鶴屋南北戯曲賞を最年少で受賞。映画「腑抜けども、悲しみの愛を見せろ」は2007年にカンヌ国際映画祭批評家週間に正式出品された。そのほか、雑誌でのエッセイ執筆等、多方面で活躍している。

グ、ア、ム

著　者　本《もと》谷《や》有《ゆ》希《き》子《こ》

発　行　二〇〇八年　六　月二五日

発行者　佐藤隆信

発行所　株式会社新潮社

東京都新宿区矢来町七一　〒一六二―八七一一
電話　編集部　〇三―三二六六―五四一一
　　　読者係　〇三―三二六六―五一一一
http://www.shinchosha.co.jp

印刷所　大日本印刷株式会社

製本所　大口製本印刷株式会社

乱丁・落丁本は、ご面倒ですが小社読者係宛お送り下さい。
送料小社負担にてお取替えいたします。
価格はカバーに表示してあります。
©Yukiko Motoya 2008, Printed in Japan
ISBN978-4-10-301772-1　C0093

生きてるだけで、愛。　本谷有希子

あんたと別れてもいいけど、あたしはさ、あたしとは別れられないんだよね一生。躁鬱をもてあます寧子と寡黙な津奈木。ほとばしる言葉で描かれた恋愛小説の新しい形。

大きな熊が来る前に、おやすみ。　島本理生

私と彼の中にある、確かなもので、悲しみを越えて行こう。深い森を歩いていくように――。誰かと一緒に暮らすことの危うさを描く、優しくて、とても真剣な恋愛小説。

あなたの呼吸が止まるまで　島本理生

舞踏家の父と暮らす12歳の野宮朔。一歩一歩、大人に近づいていく彼女を、突然の暴力が襲う。そして、少女が選んだ、たったひとつの復讐のかたち。渾身の力作長篇。

六〇〇〇度の愛　鹿島田真希

癒しがたい精神の傷を抱えて、女は長崎を訪れ、一人の青年と出会う――虚無の向こう側に世界を作ろうとする小説と激賞された、魂の恋愛小説。〈三島由紀夫賞受賞〉

ナンバーワン・コンストラクション　鹿島田真希

恋に落ちた建築学者はいかにして絶望の廃墟の上に愛のビルディングを築きあげるのか――世界の可能性を発見する若き新鋭の長編。三島賞受賞第一作、芥川賞候補作。

少女＠《アット》ロボット　宮崎誉子

「マリちゃん、働く女に必要なのは何かしら」「……愛です」「ううん、根性の悪さよ」一読驚愕のＰＯＰな文章とリズムで、働く若者のリアルな汗と涙を描いた作品集。

名もなき孤児たちの墓　中原昌也

パッパッパッと点滅する3つのランプが語る物語は阿鼻叫喚、抱腹絶倒まちがいなし！　壮大なラストまで一気に読ませる「点滅……」他、全16作からなる作品集。

四十日と四十夜のメルヘン　青木淳悟

「ピンチョンが現れた！」と選考委員の保坂和志氏が激賞した新潮新人賞受賞の表題作と、さらに讃辞を集めた第二作の「クレーターのほとりで」。驚異の新人誕生。

いい子は家で　青木淳悟

家庭とはつまり場所なのだ――。郊外に暮らす四人家族のありふれた日常が、いつしか、奇妙な異次元へと迷いこむ……。期待の新鋭が拓く家族小説の新しい地平。

わたしたちに許された特別な時間の終わり　岡田利規

あ始まったんだねやっぱり戦争。イラク空爆のとき、渋谷のラブホで四泊五日。岸田戯曲賞を受賞し注目を集めるチェルフィッチュこと、演劇界の新鋭、待望の初小説集！

グレート生活アドベンチャー　前田司郎

さしあたって悩みも仕事も、将来への不安もない。なんだか凄えな、俺――。芥川賞も注目(＝候補作)！　演劇界の若き旗手が放つ、未来は明るい青春小説集。

ドブロクの唄　松尾スズキ

人生は際限のない罰ゲーム。だから、おおむね笑える日々――脚本家で演出家で俳優で映画監督で小説家が描く、労働と病気と離婚と休業、そして復活の軌跡。

その街の今は　柴崎友香

わたし28歳、カフェでバイト中。最近合コンに初参加。大阪の昔の写真を見ることが好きやねん——。再生し続ける街の姿に、ざわめく気持ちを重ねて描く新境地の長篇。

海の仙人　絲山秋子

背負っていかなきゃならない最低限の荷物、それは孤独——。碧い海が美しい敦賀の街でひっそり暮らす男とふたりの女と神様が奏でる切ない物語。川端賞作家、初の長編。

エスケイプ／アブセント　絲山秋子

闘争と逃走にあけくれた20年。だが人生は、まだたっぷりと残っている。あきらめを、祈りにかえて生きるのだ。フェイクな日々にこそ宿る人生の真実を描く傑作小説。

おやすみ、こわい夢を見ないように　角田光代

憎しみは愛の裏返しってこと？　それとももっと気まぐれなもの？　新婚夫婦、高校生カップル、母と娘、同棲中の恋人——あなたにも起こるかもしれない衝撃的な七篇。

古道具 中野商店　川上弘美

好きをつきつめると、空っぽの世界にいってしまうんだな——小さな古道具屋に集う人々のなんともじれったい恋、世代をこえた友情。懐かしさと幸福感にみちた最新長篇。

がらくた　江國香織

一人の夫を愛し続ける45歳の柊子と色んな恋愛を始めようとしている15歳の美海。海外のリゾート地で出会った二人の女性を主人公に描く、完璧な恋愛小説。待望の長編。